大河睛澜

宗孝祖 著

敦煌文艺出版社

图书在版编目（CIP）数据

大河晴澜 / 宗孝祖著. -- 兰州：敦煌文艺出版社，2017.12（2022.1重印）
 ISBN 978-7-5468-1405-6

Ⅰ. ①大… Ⅱ. ①宗… Ⅲ. ①诗集–中国–当代 Ⅳ. ①I227

中国版本图书馆CIP数据核字（2017）第302947号

大河晴澜

宗孝祖　著

责任编辑：李　佳
装帧设计：孟孜铭

敦煌文艺出版社出版、发行
地址：（730030）兰州市城关区读者大道568号
邮箱：dunhuangwenyi1958@163.com
博客（新浪）：http://blog.sina.com.cn/lujiangsenlin
微博（新浪）：http://weibo.com/1614982974
0931-8773084（编辑部）　　0931-8773235（发行部）

天津海德伟业印务有限公司印刷
开本 880毫米×1230毫米　1/32　印张 9.625　插页 2　字数 156千
2017年12月第1版　2022年1月第2次印刷
印数：501～2 500

ISBN 978-7-5468-1405-6
定价：49.00元

如发现印装质量问题，影响阅读，请与出版社联系调换。

本书所有内容经作者同意授权，并许可使用。
未经同意，不得以任何形式复制转载。

前　言

家住黄河岸边。

日日谛听着长波扣岸,涛声拂窗,从春到夏,经秋历冬,此心伴随着黄河的岚光云影而沉浮,而翻卷,故定名此书为《大河晴澜》。

作者总是用诗意的眼光和童心去状写眼前之景,思考身边之事,阐发心中之情。

作者认为,古典诗词创作,应遵循中华诗词传统,谨守诗词格律,这是诗词的生命所在。但古典诗词创作不应落伍于时代游戏文字,不应浅薄随意被文坛鄙夷,不应重复因袭古人的美学意象和远年感喟,也不应以古人的喜怒悲欢作为自己的感受,而应当审视时代风云,把握时代脉动,拒绝琐屑和平庸,真实地表达自我,坦露真诚的心理世界,生发独特的人生灼见,以及对历史的点滴反思和对现实的理性憬悟。基于此,或游览山水,题写胜景;或咏怀历史,礼赞古贤;或描山状水,呼唤生态意识;或纪事赠答,寄托励志向上的意趣;或诉说亲情,倾吐家国之爱……作者都试图用古典的文学形式展现个人的生活瞬间和心理轨迹。

对于诗词语言本身,则追求平易流畅,甚或隽永清新,形成独有的格调和意境,试图以理性的关照体现细致入微的情感世界,在格律谨严的框架内自由地表达一个现代人的真实情怀。作者深知,因学力所限,距此目标尚远,但坚信未来的日子阳光正好,只要未忘初心,前行的路上,必能遇见花香满径。

宗孝祖

2017 年 12 月

目录

卷 一

登北岳恒山 …………………………… 〇〇三
白塔山拂云阁远眺 …………………… 〇〇四
兰州至广州飞机上（新韵）…………… 〇〇五
南海即景（新韵）……………………… 〇〇七
登高望南海（新韵）…………………… 〇〇八
珠海景山远眺（新韵）………………… 〇〇九
忆仙姿·春暮 …………………………… 〇〇九
临窗看夜景（新韵）…………………… 〇一〇
秋日自题（新韵）……………………… 〇一一
采桑子·兰州新十景写意（新韵）…… 〇一二
"珠海渔女"雕塑 ……………………… 〇一九
佛山"观音望海" ……………………… 〇一九
佛山天湖 ……………………………… 〇二〇
佛山农家乐 …………………………… 〇二〇
珠海情侣路（新韵）…………………… 〇二一

珠海东澳岛	〇二一
珠海"新圆明园"	〇二二
车过河南（新韵）	〇二二
列车窗口远望（新韵）	〇二三
远看韶关（新声）	〇二三
参加全国十城市美术书法摄影邀请展（新韵）	〇二四
车过万泉河（新韵阳关体）	〇二四
游天涯海角	〇二五
赠海口市文联友人（新声韵）	〇二六
海口杂感	〇二六
海口即景（新韵）	〇二七
"鹿回头"雕塑（新声韵）	〇二七
黄道婆（新韵）	〇二八
游海南怀苏轼（新声韵）	〇二九
客居珠海寄兰州友人	〇三〇
宿秦岭（新韵）	〇三〇
咏都江堰（新韵）	〇三一
曲江题咏（新韵）	〇三二
踏莎行·送别	〇三三
春天写意	〇三四
游秦岭	〇三四
游五台山	〇三五
夜过雁门关见长城	〇三六
宿乌镇	〇三六
白塔山晨望	〇三七
飞机上	〇三八

卷　二

乘广州地铁有感（新韵）…………………… 〇四一
立春之日寓居广州 …………………………… 〇四一
立春之夜 ……………………………………… 〇四二
客居珠海 ……………………………………… 〇四二
春日 …………………………………………… 〇四三
雨夜 …………………………………………… 〇四三
游广州越秀公园 ……………………………… 〇四四
车过珠海普陀寺（新韵）…………………… 〇四五
由珠海返兰，爱子宗泽携其女友送行，赋诗以示… 〇四六
广州至兰州机场（新韵）…………………… 〇四七
卜算子·咏春 ………………………………… 〇四七
飞机上夜航 …………………………………… 〇四八
澳门旅游未果 ………………………………… 〇四九
夜游珠江 ……………………………………… 〇四九
望江南·晨过黄河随想 ……………………… 〇五〇
望江南·兰州春事写意 ……………………… 〇五一
登白塔山（新韵）…………………………… 〇五二
临江仙·登高远眺 …………………………… 〇五三
春夜遐想 ……………………………………… 〇五四
在珠海参观"辛亥革命历史文物展"………… 〇五五
遥祭周恩来总理 ……………………………… 〇五九
炎黄传说 ……………………………………… 〇六〇
佛教东传 ……………………………………… 〇六一
读史 …………………………………………… 〇六一

屈原 …………………………………………… 〇六二
偶得 …………………………………………… 〇六三
陶渊明写意 …………………………………… 〇六四
曹操 …………………………………………… 〇六六
岳飞（新韵） ………………………………… 〇六七
滨河路春景（新韵） ………………………… 〇六七
文天祥（新声韵） …………………………… 〇六八
《四大名著》写作技法问题 ………………… 〇七〇
读陆游《剑南诗稿》感赋 …………………… 〇七二
甲午之殇（新韵） …………………………… 〇七六

卷 三

登兰州白塔山 ………………………………… 〇七九
远眺大同北魏古城 …………………………… 〇八〇
拜谒云冈石窟缅想北魏 ……………………… 〇八一
题山西应县木塔（新韵） …………………… 〇八三
山西朔州杨家将古战场 ……………………… 〇八四
"辛亥日"夜闻爆竹（新韵） ………………… 〇八六
兰州早春即景 ………………………………… 〇八七
兰州早春（新韵） …………………………… 〇八八
兰州春景（新韵） …………………………… 〇八八
登白塔山（新韵） …………………………… 〇八九
春分之日兰州写意 …………………………… 〇九〇
水调歌头·惊蛰远眺 ………………………… 〇九一
滨河春景 ……………………………………… 〇九二
春日即景 ……………………………………… 〇九三

踏莎行·兰州傍晚即景 …… 〇九四
书赠尹伯约院长（古绝） …… 〇九五
君子兰题咏 …… 〇九五
兰州国际马拉松赛（新韵） …… 〇九六
某城市新造仿古"二十四桥" …… 〇九七
即事（古绝） …… 〇九七
有感于"地球末日"（新韵） …… 〇九八
武术交流大会口占（新韵） …… 〇九九
同学会（新韵） …… 一〇〇
元宵感兴（新韵） …… 一〇〇
"嫦娥三号"卫星发射及月球车登月成功（新韵）… 一〇一
文化下乡速写 …… 一〇四
临江仙·参加甘肃省文代会 …… 一〇五
西北沙尘暴 …… 一〇六
中国海洋科考船下南极（新韵） …… 一〇七
立夏即景 …… 一〇八
高考感怀 …… 一〇九
夜话 …… 一〇九
兰州战役遗址 …… 一一〇
初秋之晨 …… 一一〇
黄河题咏（新声） …… 一一一
友人戏说七夕节，感赋（古风） …… 一一二
九三阅兵感怀 …… 一一四
闻九一八国耻警报（新韵） …… 一一五
雨后戏答友人（古风） …… 一一六
秋分之日滨河路步行 …… 一一六

秋分傍晚即景 …………………………………… 一一七
中秋回故乡（古风） …………………………… 一一八
飞机上看云 ……………………………………… 一一九
中秋之夜无月 …………………………………… 一二〇
秋夜写意（新韵） ……………………………… 一二〇

卷　四

回乡偶感（新声韵） …………………………… 一二三
听音乐《哥哥你走西口》 ……………………… 一二三
秋末回乡（古风） ……………………………… 一二四
大雪节气无雪 …………………………………… 一二五
雾霾 ……………………………………………… 一二六
书坛怪相三题 …………………………………… 一二七
即景 ……………………………………………… 一二八
书坛近事二题 …………………………………… 一二九
有感于江湖书法进课堂（新韵） ……………… 一三〇
晴雪之晨 ………………………………………… 一三一
冬至登白塔山望河亭 …………………………… 一三一
岁末感赋（新韵） ……………………………… 一三二
观韩国历史影片《宫女》 ……………………… 一三三
步行上班即景 …………………………………… 一三四
即席题赠友人摄影·西部老翁（新韵） ……… 一三四
步行随吟（新韵） ……………………………… 一三五
傍晚行吟 ………………………………………… 一三五
腊八节凭楼远眺 ………………………………… 一三六
夜遇地震 ………………………………………… 一三七

送别 …………………………………… 一三七
兰州发现新丹霞地貌 ………………… 一三八
听雨 …………………………………… 一三八
下班途中遇沙尘暴 …………………… 一三九
望月 …………………………………… 一三九
春夜雅集 ……………………………… 一四〇
黄河春景写意（新韵）………………… 一四一
即事（新韵）…………………………… 一四二
回乡祭祖（新韵）……………………… 一四三
将赴广州自题 ………………………… 一四四
远眺南海 ……………………………… 一四五
广州至兰州飞机上 …………………… 一四六
自广东返回秦王川 …………………… 一四七
马年题咏（新韵）……………………… 一四八
冬夜醉眺 ……………………………… 一五〇

卷　　五

合欢花 ………………………………… 一五三
落花吟（新韵）………………………… 一五三
五叶地锦 ……………………………… 一五四
黄河芦苇（新韵）……………………… 一五四
霜菊 …………………………………… 一五五
题菊 …………………………………… 一五五
戏改黄巢诗 …………………………… 一五六
丹菊 …………………………………… 一五七
白菊 …………………………………… 一五七

忆菊 …………………………………… 一五八

菊园 …………………………………… 一五八

咏菊 …………………………………… 一五九

晚菊 …………………………………… 一五九

杨妃粉菊 ……………………………… 一六〇

早梅 …………………………………… 一六〇

金丝皇菊 ……………………………… 一六一

花市偶见梅花 ………………………… 一六一

兰州早梅 ……………………………… 一六二

梅树 …………………………………… 一六二

冬梅 …………………………………… 一六三

雪梅 …………………………………… 一六三

寻梅 …………………………………… 一六四

梧桐 …………………………………… 一六四

题竹 …………………………………… 一六五

咏竹 …………………………………… 一六五

赏竹 …………………………………… 一六六

风竹（新韵） ………………………… 一六六

雪竹 …………………………………… 一六七

幽竹 …………………………………… 一六七

松树吟 ………………………………… 一六八

题黄山松 ……………………………… 一六八

盆兰 …………………………………… 一六九

兰花吟 ………………………………… 一六九

幽兰（新声韵） ……………………… 一七〇

墨兰 …………………………………… 一七〇

君子兰 ……	一七一
蟹爪兰 ……	一七一
马蹄莲 ……	一七二
深秋银杏（新韵） ……	一七二
玫瑰吟 ……	一七三
牡丹吟 ……	一七三
落花 ……	一七四
河边垂柳 ……	一七四
银杏 ……	一七五
桃花会上遇友人 ……	一七六
冰凌花 ……	一七六
春夜寄友人 ……	一七七
送别 ……	一七八
夜读二题 ……	一七九
寄远方 ……	一八〇
夜思 ……	一八〇
夜眺 ……	一八一
兰州春景 ……	一八一
忆仙姿·春景 ……	一八二
夜雨寄远 ……	一八二
蝶恋花·回乡心绪 ……	一八三
踏莎行·清明节随感 ……	一八四
雨夜独归（古风） ……	一八五
偶感（新韵） ……	一八六
咏燕·次韵一和王传明 ……	一八七
楼居·次韵二和王传明 ……	一八八

兴隆山夜宿·次韵三和王传明 …………… 一八九
远眺黄河·次韵四和王传明 …………… 一九〇
北方春草·次韵五和王传明 …………… 一九一
咏蚯蚓·次韵六和王传明 ……………… 一九二
雄鸡报晓·次韵七和王传明 …………… 一九三
文竹题咏 ……………………………… 一九四
题友人国画《骆驼图》（新韵）………… 一九五
题人民大会堂国画《江山如此多娇》…… 一九五
寒露远望 ……………………………… 一九六

卷　六

次韵奉和褚宝增 ……………………… 一九九
贺友人诗集出版（新韵）……………… 二〇一
题《马元篆书千字文》………………… 二〇一
谷雨之夜答诗友（新韵）……………… 二〇二
夜寄诗友 ……………………………… 二〇三
题诗友蒲公英照（新声）……………… 二〇三
题周桦微信图片 ……………………… 二〇四
雨夜 …………………………………… 二〇四
书屋自题·次韵奉和秋子先生 ………… 二〇五
贺巫卫东先生画展 …………………… 二〇六
读书有得 ……………………………… 二〇六
众名家广州合制巨作 ………………… 二〇七
参观珠海古元美术馆 ………………… 二〇八
无题 …………………………………… 二〇八
观景赠诗友 …………………………… 二〇九

飞赴广州 …………………………………… 二一〇
登兰州白塔山 ……………………………… 二一一
即景（新韵）……………………………… 二一二
建筑科技大学运动草坪写意（新韵）…… 二一三
西科大校园夜坐 …………………………… 二一四
校园操场晨景 ……………………………… 二一五
春雪之夜 …………………………………… 二一五
秋日之晨 …………………………………… 二一六
兰州立春之夜 ……………………………… 二一七
西固三江口景区 …………………………… 二一八
兰州春雪 …………………………………… 二一八
兰州夜雨 …………………………………… 二一九
春晨 ………………………………………… 二二〇
春之晨 ……………………………………… 二二〇
兰州倒春寒 ………………………………… 二二一
九州台怀古（古风）……………………… 二二二
北方春分感兴 ……………………………… 二二三
登兰州碑林草圣阁 ………………………… 二二四

卷　七

成都民宅小巷 ……………………………… 二二七
夜雨寄远 …………………………………… 二二七
成都著名景区宽窄巷子一角 ……………… 二二八
成都望江楼 ………………………………… 二二九
成都薛涛井 ………………………………… 二三〇
玫瑰 ………………………………………… 二三〇

登四川青城山 …………………………………… 二三一
参观四川三星堆博物馆 ………………………… 二三二
晨登兰州白塔山 ………………………………… 二三三
题雪松 …………………………………………… 二三四
黄河柳絮 ………………………………………… 二三五
蒲公英 …………………………………………… 二三六
牡丹 ……………………………………………… 二三七
园中月季花 ……………………………………… 二三八
泡桐树题咏 ……………………………………… 二三九
马兰花（新韵） ………………………………… 二四〇
闻鸡起舞 ………………………………………… 二四〇
雄鸡报晓 ………………………………………… 二四一
校园操场晨景 …………………………………… 二四一
黄河双凫三题 …………………………………… 二四二
下乡即景（新韵） ……………………………… 二四三

卷　　八

北方连翘花 ……………………………………… 二四七
黄河杏花（古绝） ……………………………… 二四八
榆叶梅 …………………………………………… 二四八
玉兰花 …………………………………………… 二四九
紫斑牡丹 ………………………………………… 二五〇
槐树 ……………………………………………… 二五一
海棠花 …………………………………………… 二五一
千年古柏 ………………………………………… 二五二
紫荆花 …………………………………………… 二五三

紫丁香	二五三
春夜即景	二五四
居延汉简遐想	二五五
谷雨之日寄远	二五七
五四之日寄语青年	二五八
参观会宁长征胜利会师纪念景区	二五九
咏木槿花	二六〇
小满之日诗友茶会	二六一
长安晨望	二六二

卷 九

乘列车赴西安	二六五
出门遇雨	二六六
西建大校园夏夜（新韵）	二六七
路遇陕北秧歌（新韵）	二六八
听西建大教授讲城建危机	二六八
"中国新声代"女孩汤晶锦夺冠（仿乐府）	二六九
城市治污	二七〇
望南海	二七一
飞机上俯瞰黄土高原（新韵）	二七一
赴榆中北山途中	二七二
山村之晨	二七三
黄河即景	二七三
下乡	二七四
春天纪事	二七四
夜思	二七五

民俗二月二	二七五
三八写意	二七六
国产大飞机首飞成功	二七六
晨过黄河	二七七
登山逢友人	二七八
兰州黄河风情线夜饮	二七九
应邀为宝兰高铁开通致贺	二八〇
避暑即景	二八一
踏莎行·参观兰州规划馆遐想	二八二
题西安贾平凹纪念馆	二八三
题西安建筑科技大学校史馆（新韵）	二八三
参观西安高新产业区	二八四
下乡即景（新韵）	二八四
参观南梁革命纪念馆	二八五
霜降之夜自粤归兰（新韵）	二八六
如梦令·下乡归来	二八七

卷一

登北岳恒山

北国烟岚接大荒,

恒山风物正茫茫。

松涛远掠分三晋,

云影横飞覆太行。

五帝龙巡开圣境,

八仙神迹隐苍黄。

会当攀越天峰岭,

阅尽秋华万里霜。

2015.8.30

【注】

1.上古时代大舜北巡,封北岳为万山之宗主,此后秦始皇、汉武帝、唐太宗、唐玄宗、宋真宗等几代帝王皆有封禅。

2.八仙之一的张果老在恒山修行留下遗迹。此外恒山有诸多神话掌故。

3.天峰岭:恒山最高峰,是国务院确定的中国重要地理信息数据源。登顶可观赏恒山十八景等众多名胜。

白塔山拂云阁远眺

南岭群峰次第开,
长河迤逦抱城来。
千寻紫雾浮崇阁,
一抹丹霞染九垓。
秋尽陇原飞阵雁,
霜铺秦塞锁宏台。
风光总在登高处,
应把芳华别样裁。

2015.10.15

兰州至广州飞机上（新韵）

一

曾闻世外有仙宫，

天上人间两不同。

梦到瑶台朝玉帝，

身穿云阵驾霓虹。

九霄仙子竟何在？

五岳群神不见踪。

此去南疆听海浪，

江山助我挟长风！

2015.5.26

二

飞越银涛望太空,

不知穹宇几多重?

晴衔碧落三千界,

日照苍山十万峰。

故国风云凭逐鹿,

神州俊杰任争雄。

长天不解书生意,

独向砚田磨剑锋!

2015.5.26

南海即景（新韵）

南天遥望渺无垠，
岛屿茫茫浮欲沉。
远海推波千簇练，
长堤拒浪万堆银。
渔船泊港依沙岸，
椰树摇空掩彤云。
昨日台风袭珠海，
今朝又见雨涔涔。

2015.5.27

登高望南海（新韵）

南海阴云下，

水天两不分。

潮从九天落，

浪若万驼奔。

浩渺波无际，

氤氲岛欲吞。

纵览佳丽地，

别是一乾坤。

2015.5.27

珠海景山远眺（新韵）

登望南疆云海天，
波光遥指认渔船。
莫教丛树空遮眼，
美景还须高处观。

2015.5.27

忆仙姿·春暮

执手与君河畔，
闻得笛声婉转。
竟日对相晤，
沉醉春风晕染。
留恋，留恋，
柳絮满城飞遍。

2014.4.6

临窗看夜景（新韵）

团圞皎月照南窗，
星耀黄河几许长？
岸上霓虹波影碎，
城中炫彩夜风凉。
远闻隐隐胡琴曲，
近觉悠悠淡墨香。
读罢晋唐临汉魏，
狂锋更喜米襄阳。

2014.4.2

秋日自题（新韵）

经霜披雪度流年，

曾阅沧桑路几千！

家住金城临古道，

心追皎月迈云天。

窗前日日黄河涌，

笔下悠悠墨浪翻。

种菊何须学陶令？

市街深处亦南山。

2014.2.6

【注】
1. 古道：古代丝绸之路，兰州是必经之地。
2. 陶令：陶渊明，其诗有"采菊东篱下，悠然见南山"之句。

采桑子·兰州新十景写意（新韵）

一、铁桥踏波

铁桥飞拱兰州好，

簇浪逶迤。

两岸长堤，

百里风情处处奇。

卧虹耀彩金城渡，

白塔云低。

物换星移，

天下黄河称第一。

二、黄河母亲

黄河慈母兰州好，

襁褓温馨。

润育黎民,

亘古悠悠百代恩。

长波万里来天上,

阅古观今。

社稷一新,

九曲安澜永驻春。

三、兴隆听涛

名山兴隆兰州好,

树海涛声。

天籁长鸣,

朝看栖云夜听松。

更兼十月金风起,

霜染秋枫。

画阁玲珑,

隐隐苍山淡淡风。

四、水车唱晚

水车唱晚兰州好,

河畔遗踪。

岁月匆匆,

曾沃荒田十万丰。

巨轮长记沧桑在,

惠泽民生。

夕照闻莺,

陇上今犹忆段公。

五、读者大道

滨河大道兰州好,

绿意葱茏。

《读者》横空,

油墨香飘寰宇中。

卅年终展凌霄翮,
直上云程。
气势如虹,
阵雁高翔领大风。

六、兰山灯火

南山灯火兰州好,
台阁峥嵘。
遥望霓虹,
点点晶莹点点星。

凭栏眺望河如带,
月白风清。
山水交融,
璀璨依稀不夜城。

七、青城烟云

青城古镇兰州好,

水抱山横。

战迹寻踪,

名将传奇百世雄。

千年尚有古韵在,

深巷荫浓。

唐宋遗风,

隐入烟岚细雨中。

八、古城流韵

丝绸古道兰州好,

遥踞千年。

屏障中原,

铁马金戈史若烟。

汉唐泉映明清月,

紫塞雄关。

沧海桑田,

流韵悠悠入管弦。

九、寿桃献瑞

桃花绽蕊兰州好,

十里缤纷。

灿若红云,

绮锦如霞四月春。

桃熟时节游人醉,

紫陌轻尘。

陇果嘉珍,

驰誉神州四海闻。

十、梨花飞雪

梨花开处兰州好，

飞雪蒙蒙。

昨夜天宫，

飘落琼瑶斗暖风。

春光晕染梨园秀，

水碧山青。

别样金城，

数百年来入画中。

2013.7.6

【注】

水车唱晚：段公，指明代嘉靖年间兰州进士段续，在赴任湖广参议期间引进江南筒车技术改制成兰州水车，后人尊称为"祖宗车"。

"珠海渔女"雕塑

南海无涯入碧空,
烟波浩渺落天风。
潮中渔女婷婷立,
一笑回眸叹婉容。

2015.5.27

佛山"观音望海"

凭栏远眺画屏开,
云影片帆谁剪裁?
尘外偶寻禅静处,
天风吹下玉音来。

2015.5.27

佛山天湖

佛山西岭景清幽,
远隔市尘何处求!
闻说里人古风俗,
天湖深处赛龙舟。

2015.5.28

佛山农家乐

农家小院水边洲,
土酒鲩汤涎欲流。
忽觉停杯不能语,
一根鱼刺遏咽喉!

2015.5.29

珠海情侣路（新韵）

椰树轻摇淡淡风，

星垂月隐雾朦胧。

长堤犹记山盟在，

海浪无言却有情！

2015.5.29

珠海东澳岛

岛树阴阴岸系船，

风吹雾锁不知年。

游人夜宿云深处，

恍入蓬莱访九仙！

2015.5.29

珠海"新圆明园"

时空倒转百多年,

皇族园林呈眼前。

不似当年山映水,

天朝一梦逝如烟。

2015.5.31

车过河南（新韵）

列车飞速下潼关,

山水迢迢绿满原。

陇上已看秋色老,

中州犹自碧连天。

2013.9.3

列车窗口远望（新韵）

山温水软属江南,

千里旅途绿若烟。

我爱江南多妩媚,

江南陇上两重天。

2013.9.3

远看韶关（新声）

细雨苍山雾里飘,

一山胜比一山娇。

岭南十月秋光好,

遥看群楼入碧霄。

2013.9.4

参加全国十城市美术书法摄影邀请展（新韵）

南朋北客汇琼崖，
江韵河声共海霞。
五指山前留一醉，
椰风吹绽木棉花。

2013.9.6

车过万泉河（新韵阳关体）

万泉河畔总如春，
潋滟波光映碧云。
早年一部芭蕾剧，
倾倒神州多少人！

2013.9.8

游天涯海角

早闻三亚水,

今向海疆游。

雪浪云天落,

岚烟岛上浮。

椰林迷远树,

巨石隐飞鸥。

揽此神仙境,

豪情入斗牛。

2013.9.7

赠海口市文联友人（新声韵）

万里南疆逢故人，
举杯共酌论诗文。
当年豪气依然在，
愿借风帆渡海云。

2013.9.9

海口杂感

琼崖七月暑难当，
汗水滂沱湿我裳。
北国游人怎可耐？
争潜海水觅清凉。

2013.9.9

海口即景（新韵）

隐隐苍山接碧穹,
琼崖无处不葱茏。
一时烈日一时雨,
吹彻椰林长海风。

2013.9.10

"鹿回头"雕塑（新声韵）

当年猎手待张弓,
迤逦追程疾若风。
忽到断崖无处去,
回眸一望万年惊。

2013.9.10

黄道婆（新韵）

松江女子下琼崖，

素指纤纤学纺纱。

为脱摧凌成圣手，

新传织艺惠中华。

2013.9.10

【注】

黄道婆：中国古代杰出的女纺织技术革新家。宋末元初松江府乌泥泾人（今上海徐汇区华泾镇）。相传流落崖州（今海南省），向黎族人民学习整套棉纺织技术并改进创新，于元朝元贞年间回到故里，传授棉纺织技术，对中国纺织技术发展做出了创造性贡献，使上海成为当时中国的棉纺织工业中心。

游海南怀苏轼（新声韵）

一

兹游奇绝冠平生，
白发萧然一醉翁。
千载悠悠海涛卷，
琼人尚自说坡公。

【注】

　　苏轼被贬海南，有诗句"九死南荒吾不恨，兹游奇绝冠平生"。

二

千年之后叹坡翁，
宦海经吹几度风。
困厄皆缘文字起，
为谁沉醉为谁醒！

2013.9.10

客居珠海寄兰州友人

久别秦川居海疆,

屐痕行处历沧桑。

此身虽觉岭南好,

梦境依稀在故乡。

2013.9.11

宿秦岭（新韵）

轻岚缥缈梦依稀,

秦岭迢迢晨雾低。

闻得青山深处鸟,

一声应答一声啼。

2014.6.4 西安

咏都江堰（新韵）

都江古堰玉垒西，
春日初生晨雾低。
满目苍松新滴翠，
萦街碧水浅推溪。
岷江随堰分支涌，
巴蜀汗青盖世奇。
犹记李冰遗泽在，
二王庙柱与天齐。

2014.4.1 四川

曲江题咏（新韵）

一

曲江仙境久闻名，

山色水光如画中。

千古沧桑收眼底，

满城依旧大唐风。

二

唐家美景又重逢，

百媚千娇映碧空。

醉我青山何必酒？

古城无处不春风。

2014.4.4 西安

踏莎行·送别

翠柳生烟,
秋花滴露,
河边别语低低诉。
轻涛拍岸月如霜,
笛声飘过黄河渡。

岁月难留,
伊人且住,
天长地远迢迢路。
君行万里惹春风,
来年相聚知何处!

2014.3.22

春天写意

正是熏风拂面时,

大河堤畔绿参差。

金城谁道春来晚?

早有琼花发翠枝。

2015.2.26

游秦岭

危峰壁立接云天,

秦岭迢迢绿若烟。

溪水鸣琴鸟无迹,

密林深处听秋蝉。

2015.8.23

游五台山

一

梦里曾经访五台,
今朝始见寺林开。
白云深处香烟起,
遥听钟声天上来。

二

五台山上白云飞,
古刹连绵接翠微。
静坐氤氲禅雾里,
尘埃涤净入芳菲。

2015.8.26 山西

夜过雁门关见长城

半轮山月挂秋空,

风掠寒山几万重。

多少关墙终是泪,

民心毕竟胜长城!

2015.8.30(山西)

宿乌镇

水乡丰韵落天台,

仙境幽幽迤逦开。

小住河楼只几日,

飞身恍若到蓬莱。

2015.12.24

白塔山晨望

古城霜落望秋鸿,

红叶满园映碧空。

白塔高衔长岭月,

铁桥飞挟大河风。

云横朱阁牵荒漠,

岚锁苍波聚卧虹。

闲把江山收眼底,

抚琴采菊问篱东!

2015.11.4

【注】

白塔山、中山铁桥:均为兰州的黄河文化景观。

朱阁:兰州城区南部皋兰山顶峰建有三台阁。

采菊:陶渊明有"采菊东篱下,悠然见南山"之句。

飞机上

几度南飞又北翔，
惯看舷外景苍茫。
白云推浪浮长翼，
丽日随人越大荒。
隔座诗家闲觅句，
身边华仔掩行藏。
同机来往八方客，
各赴生涯暂共航。

2016.2.1

卷二

乘广州地铁有感（新韵）

迤逦飙飞蛰地龙，
瞬间穿越走西东。
花城早向潮头立，
引领神州改革风！

2016.2.4

立春之日寓居广州

昨夜残冬今夜春，
珠江两岸物华新。
薰风拂我红梅发，
聊取一枝寄远人。

2016.2.4 夜

立春之夜

今夜已知春讯降,

天开锦色满珠江。

琼楼高处帘纱卷,

原是春风来扣窗!

2016.2.4 广州

客居珠海

遥知北国盼阳春,

怅望黄河无处寻。

今到南疆春气暖,

熏风吹醉陇原人。

2016.2.7

春　日

家近黄河临古关,
风吹杨柳度春颜。
长堤忽见桃花发,
细雨催红水一湾。

2016.2.18

雨　夜

霏霏夜雨竹生凉,
独对长河独感伤。
静坐不知时已晚,
秋风拂我几彷徨。

2016.9.30

游广州越秀公园

五羊芳景倚天开,

云影水光拂面来。

越秀山间松出谷,

飞鹅岭上竹萦台。

狼烟旧迹随风逝,

亭榭盆花着意栽。

正是新春新气象,

彩灯齐炫胜蓬莱!

2016.2.5

【注】

1.五羊城:广州的古称,以"五羊献穗"典故名世。

2.越秀山:广州名山,因越王故址而闻名。

3.飞鹅岭:越秀山景区之一。

4.越秀山主峰有蟠龙岗、桂花岗、鲤鱼岗等七大山冈。

5."四方炮台"建于清顺治年间,鸦片战争期间被英军攻占,古人手迹"永宁台"刻石尚存。

车过珠海普陀寺（新韵）

车经古寺欲参禅，
尘事纷纭竟失缘。
入静还应依执着，
圆通其实赖心安。
行端先正身边路，
问道须知脚下山。
若向青冥求所悟，
机锋更在水云间！

2016.2.8

由珠海返兰,爱子宗泽携其女友送行,赋诗以示

忆昔慨然离故乡,

韶年负笈下南疆。

寒窗数载闻时事,

漂泊几回走职场。

为有知音同手足,

相期愿景共肝肠。

人生但得胸襟在,

前路欣看花更芳!

2016.2.11

广州至兰州机场（新韵）

千里归程有大观，

白云翻卷美无边。

南疆尽显春花发，

北国欣看雪满山。

2016.2.11

卜算子·咏春

本是陇原人，长记黄河好。

河畔年年柳色新，又见春来早。

杨树绿苞开，堤上青青草。

撷取春光仔细看，莫待朱颜老！

2016.3.7

飞机上夜航

暮色初临越大荒,
凭舷俯视夜茫茫。
星光几点随人静,
机翼半明知远航。
无路可登王母殿,
何时攀折桂花香?
常怀澄澈乾坤在,
点亮心灯拜玉皇。

2016.3.11

澳门旅游未果

细雨霏霏遮澳门,

春风浩荡水无痕。

海边徒望横琴路,

知是神州别一村。

2016.3.12

夜游珠江

江边远望小蛮腰,

璀璨霓虹映九霄。

绮景依稀天上落,

花城无夜不妖娆。

2016.3.13

【注】

小蛮腰:广州新电视塔的昵称,塔高600米,是全国最高建筑。

花城:广州的别称。

望江南·晨过黄河随想

黄河好,
亘古浪滔滔。
千载沧桑成远梦,
两堤翠柳淡烟飘。
春气逐云高。

征帆远,
晴雨渡虹桥。
旗指前程开锦旆,
歌吟大业上兰桡。
鞭起马萧萧。

2016.3.17

望江南·兰州春事写意

春光好,
万树掩平沙。
河外啼莺归旧宅,
楼前燕子到檐家。
垂柳吐新芽。

熏风起,
堤岸笼青纱。
芳草多情连碧落,
纤云着意映桃花。
春景染天涯。

2016.3.17

登白塔山（新韵）

白塔纤云里，

春风暖北山。

黄河穿朔漠，

紫塞越层峦。

芳草盈盈绿，

野桃树树丹。

古城开丽日，

莺唱杏花天。

2016.3.26

临江仙·登高远眺

胜日寻芳登白塔,
群峰极目崔嵬。
大河拍岸浪声催。
黄莺啼不住,
桃杏满山隈。

遥想金城千古史,
沧桑几若尘埃,
春风一扫阵云开。
长堤铺翠柳,
燕子又飞来!

2016.3.31

春夜遐想

夜坐滨河路,

华灯次第开。

霓虹飞峻阁,

杨柳隐池台。

亘古千层浪,

沧桑一粒埃。

遥闻花影下,

风送笛声来!

2016.4.18

在珠海参观"辛亥革命历史文物展"

一、缅怀孙中山

风云阅尽历消磨,

九死一生缔共和。

墙上几多遗物在,

依稀听得大同歌。

2013.10.2

二、黄兴遗作（新韵）

流连遗墨久沉吟,

先驱胸襟百丈深。

为造共和惊血战,

将军本色是诗人。

2013.10.2

三、黄花岗七十二烈士（新韵）

看罢遗容泪纵横，

低眉默祭众英灵。

拼将先驱一腔血，

染出江山别样红。

2013.10.2

四、辛亥英烈故事

百年壮烈宛如前，

移步展厅思怆然。

当日英灵今若在，

应须告慰杏花天。

2013.10.3

五、晚清铁炮

锈蚀斑斑铁未销,

清军战绩亦寥寥。

江防早似风吹烛,

可笑龙旗依旧飘。

2013.10.3

六、禁止女人裹足

袅袅婷婷三寸莲,

男人心态实堪怜。

中华女子千年泪,

梦醒一朝唤女权。

2013.10.4

七、强制男人剪辫（新韵）

笑我神州皆病夫，

头摇长辫骨为奴。

惊看世界新风起，

誓把陋容一剪除。

2013.10.4

八、革命胜利赋

辛亥枪声已杳然，

大清帝制逝如烟。

中华须记皇权史，

永弃专横国脉传。

2013.10.4

遥祭周恩来总理

一生雄迈挟风雷,
起义南昌伟业开。
霸主犹循谋国计,
寰球惊见定邦才。
神州幸赖文王德,
宰辅竟蒙奴婢哀。
今日缅怀周总理,
只叹青史会重来!

2016.1.8

炎黄传说

一

前代史家说炎黄,
层层累累竟荒唐。
中华源肇何时起?
始祖文明总渺茫!

二

神思追越五千年,
华夏源头更渺然。
黄炎遗痕何处在?
长怀远古史如烟。

2013.11.4

佛教东传

一从梵呗入神州,
宛若春风拂九畴。
借得西天清雨露,
东方古国注新流。

2013.11.5

读 史

先秦大汉几煌煌,
浩荡雄风数大唐。
不是一人吞万汇,
当时社稷更苍茫!

2013.11.12

屈 原

一（新韵）

政事诗家莫混淆，

千年惋惜竞滔滔。

若在深宫常得志，

不知何处有《离骚》！

二（新韵）

一路苍烟一路风，

流离颠沛出诗情。

著文不是寻常事，

何必后人叹不平！

三（折腰体）

花冠玉珮落芳洲，
谪去长沙为国忧。
莫恨屈原失权位，
独开文运属《离骚》。

2013.11.6

偶　得

窗衔南岭入苍茫，
烟锁黄河映夕阳。
案上兰花含笑发，
一分清幽一分香。

2017.1.23

陶渊明写意

一(新韵)

解印辞官去,
摇舟归故园。
抚琴看远岫,
酹酒对南山。
窈窕人间壑,
依稀梦里泉。
山中有真味,
舒啸乐盘桓。

二

郁郁苍松下,
归来息旧游。
倚窗闻野菊,
策杖向西畴。
往者犹能谏,
来之任去留。
清风知我意,
莫问复何求!

2013.11.14

曹 操

一（新声）

秋风萧瑟起洪波，

乱世枭雄能几多！

本是擎天一巨手，

东临碣石有遗歌。

二（新韵）

千古称奸实不群，

一生戎马壮胸襟。

真情横槊雄诗在，

乱世廓清是巨人。

2013.11.16

岳 飞（新韵）

朱仙镇上战旗翻，
跃马黄河指日还。
若令将军终得胜，
偏安皇位置何边？

2013.11.19

滨河路春景（新韵）

长河涌浪柳依依，
两岸春风花满堤。
看尽千丛新绿发，
芳菲胜却去年时。

2016.3.31

文天祥（新声韵）

一

大义豪言盖世惊，
艰难复国叹飘零。
宋廷腐败成枯木，
元骑迅飘如疾风。
挥戟江淮雄略在，
许身社稷栋梁空。
死生一笑寻常事，
人格光华耀汗青。

二

千古常闻惋惜声,

慨然赴死意从容。

腐皇已似风飘雨,

何必文臣效犬忠!

三

蒙元铁骑扫中原,

拓土开疆四海边。

可叹英雄不逢世,

巨星无奈化苍烟!

2013.11.20

【注】

　　元朝疆域东起白令海,西至多瑙河流域,南及南海诸岛,北达北冰洋。

《四大名著》写作技法问题

一（新声韵阳关体）

鼎足三分说孔明,

读罢今犹意难平。

宏思结构称雄伟,

惜把艺文作"史通"。

二（新韵）

水浒西游相异同,

长篇叙事显初功。

取经之路寓深意,

点化人情入笔锋。

三（新声韵）

哲理诗思入至情，
红楼一梦臻巅峰。
探寻人性存和灭，
白雪袈裟万念空。

四

红学专家有几多，
毕生揣测自消磨。
远离文本搜真相，
枉把无聊认学科。

2013.11.22

读陆游《剑南诗稿》感赋

一

大散关头几度秋,
丹心耿耿为谁忧?
挥师北上平河洛,
誓把乾坤一剑收。

二

森森剑气耀光芒,
报国丹心盖八荒。
收复关河三万里,
凯歌欲奏古河梁。

三

掩卷遥思陆放翁,
中原北望总成空。
满腔忧愤寄何处?
铁马冰河入梦中。

四 (新韵)

千古闻留杀贼声,
忠贞报国一书生。
弓刀亦解英雄志,
犹自萧萧鸣北风。

五

梦入中原几断肠,

依稀城郭月如霜。

宫廷自喜偏安乐,

空使英雄泪满裳。

六

醉里曾寻白鹭洲,

无边残叶满城秋。

年年不见开封月,

未说中原先泪流。

七 (新韵)

报国无门鬓已斑,

中原父老望江南。

杜鹃啼彻遗民血,

不见王师出散关。

八 (新韵)

壮士终知万事空,

凄凉留得一哀声。

宋廷气数随风落,

家祭如何告乃翁!

2014.1.22

甲午之殇（新韵）

一

仓皇甲午百年逢，

海浪犹如厮杀声。

莫道船坚能保国，

全民贪腐是元凶。

二

百年甲午又重逢，

环海复闻虎狼声。

我唤神州沉睡起，

挽弓搭箭灭元凶。

2014.10.10

卷三

登兰州白塔山

春暮沿阶上,
层层丽景多。
河声涛迤逦,
花鸟柳婆娑。
台阁依芳树,
群山拥翠螺。
须登云起处,
纵览万顷波。

2016.4.24

远眺大同北魏古城

源自白山黑水边,

风摧铁骑箭离弦。

称雄北国开疆域,

汉化中原移洛川。

拓跋胸襟人不解,

鲜卑彪悍更无前。

至今遥见古城下,

恍若当年战鼓旋!

2015.8.26

拜谒云冈石窟缅想北魏

一

巍峨石窟映长空,
八面祥光万佛雄。
俯视人间留一笑,
催生寥廓大唐风。

二

武周山麓气如虹,
石窟依稀旷野风。
拓跋千年宏略在,
汇融华夏铸奇功!

三

云冈石窟倚天开,

豪迈真容何壮哉。

留得雄风存佛国,

盛唐原自此间来!

2015.8.27

【注】

  云冈石窟建于北魏,距今1500多年,现存昙曜五窟巨佛均依据拓跋氏五位皇帝相貌雕刻而成,此外有石雕造像51000余尊,石雕群融汇了东西文化元素,是中国四大石窟之一。北魏拓跋氏坚决推行汉化,迁都洛阳,全面推进民族融合。唐朝血统来自北魏鲜卑。

题山西应县木塔（新韵）

拔地从容绝塞烟，

沧桑阅尽已千年。

擎天一柱成佳构，

衔拱八方极大观。

曾历宋辽烽火急，

长闻佛国法音传。

当年英主萧皇后，

筑此珍华谁比肩！

2015.8.27

山西朔州杨家将古战场

一

远眺群峰树叶黄,
金沙战迹已苍茫。
民间争说杨门事,
剩得秋河映夕阳。

二

遥想当年杨令公,
金沙滩上血凝空。
一门惨烈身先死,
谁是佞邪谁是忠!

三（新韵）

兵锋北出雁门关，
收取燕云指日还。
可惜三军机已失，
从今复国化苍烟。

四（新韵）

千里寻踪关塞边，
茫茫不见古沙滩。
当年血战惊魂处，
早已乾坤改旧颜。

五（新韵）

霜压长城秋已寒，

白云飞渡雁门关。

杨家祠里忠魂在，

香火至今萦九天。

2015.8.29

"辛亥日"夜闻爆竹（新韵）

夜半忽闻爆竹声，

推窗欣看焰花浓。

满城火树缤纷起，

同庆"辛亥"此日逢。

2014.10.10

兰州早春即景

春临北国景如裁,
柳映长波碧满隈。
堤上黄花秾欲滴,
河边绿草翠成苔。
盈街少女时装瘦,
浮岭韶光曙色开。
连日尘沙遮不住,
熏风毕竟渐吹来。

2013.1.26

兰州早春（新韵）

远眺黄河浪万重，

春光唤我北山行。

晨阳映澈南山雪，

拂面频吹长岭风。

2013.2.20

兰州春景（新韵）

昨夜飞寒雪，

今朝春转深。

满城桃李树，

暗自斗缤纷。

2014.3.16

登白塔山（新韵）

一

节临端午独登山,
俯望金城隐紫岚。
白塔耸云嵌碧树,
黄河推浪接苍烟。
枣花香里歌声起,
柳叶丛中鸟语闲。
满目花光秾欲滴,
豪情一缕入长天。

二

穿花拾径踱芳园,
游客相逢各问安。
小坐曲栏疏竹外,
绿荫深处说屈原。

2013.5.26

春分之日兰州写意

熏风随燕至,

日暖已春分。

岚结霏霏雨,

塔牵淡淡云。

粉桃迷炫彩,

红杏耀缤纷。

伫望河如带,

飞鸥远处闻。

2016.3.20

水调歌头·惊蛰远眺

惊蛰随风到,
春色染金城。
推窗眺望南岭、
岚气伴飞莺。
一带长河无际,
亘古波涛翻卷,
筏子浪中行。
闲看白云起,
野鹭向苍冥。

眼中景,
心中事,
几难平。
千年陇上青史,
转瞬似烟轻。

多少人间风雨,

淡若眼前云水,

一曲入箫笙。

任有豪情在,

杯酒与谁倾!

2016.3.5

【注】

筏子:黄河上古老的摆渡工具,用羊皮做成。

滨河春景

去岁韶华今已归,

黄河柳岸度芳菲。

轻风乱拂丝丝雨,

吹落梨花作雪飞!

2016.4.15

春日即景

北岸滨河是我家,

推窗远眺领芳华。

青岚晨拥天边日,

白鹭低鸣渚上沙。

亘古波涛衔翠柳,

连绵细雨沐春花。

好风吹到清明后,

万绿千红映紫霞!

2016.3.22

踏莎行·兰州傍晚即景

时雨时晴,

乍寒乍暖,

清风剪剪吹人面。

山桃着粉展仙姿,

长丝碧柳垂堤岸。

沙上白鸥,

河中紫燕,

春临北国迟迟见。

愿祈生态葆和谐,

黄莺啼彻云霄汉。

2016.3.23

书赠尹伯约院长（古绝）

自有扁鹊术，

更怀菩萨心。

妙手解苦厄，

清誉满杏林。

2012.11.1

【注】
　　尹伯约：原甘肃省人民医院院长，享受国务院颁发的政府特殊津贴的专家，曾受到党和国家领导人的接见。

君子兰题咏

含露映窗秀，

花开叶正长。

品高香自远，

无意斗群芳。

2013.12.1

兰州国际马拉松赛（新韵）

逐鹿烽烟起，

五洲称亚非。

沿河声浩荡，

满目竞芳菲。

旧日驼铃远，

今朝鸿业催。

惊看陇原女，

一举夺前魁。

【注】

2011年7月3日，兰州国际马拉松赛鸣枪开赛，跑道设在黄河沿线。甘肃本土女选手贾超凤首次勇夺女子组全程赛冠军，埃塞俄比亚选手吉尔马·阿瑟法夺得男子组全程赛冠军。

某城市新造仿古"二十四桥"

梦里依稀廿四桥,

青山碧水两遥遥。

千年明月今犹在,

何处尚能再听箫?

2012.11.6

即事（古绝）

冬日上白塔,

生机犹可寻。

采得牵牛籽,

归种一枝春。

2013.1.21

有感于"地球末日"（新韵）

惊闻末日降人寰，

一笑平心复淡然。

世上迷离疑古训，

宇中幽渺走飞船。

千年谜语谁能解？

一段神奇古亦悬。

本是玛雅演新法，

庸人何故自相怜！

2012.12.12

武术交流大会口占（新韵）

通备千年传美名，

武林妙手聚金城。

潜心吐纳惊寰宇，

长挟风云气若虹。

【注】

　　由兰州市人民政府、甘肃省体育局联办的"兰洋杯"2012兰州国际武术交流大会暨武术文化产业高峰论坛2012年6月26日在兰州开幕，来自世界88支队伍800多名武术高手金城论剑，尤其对风靡世界的"通备武学"进行研究切磋，其间举行了"甘肃省书画名家邀请展"。本人为应邀作者之一，此诗为《甘肃省书画名家邀请展作品集》所引用。

同学会（新韵）

悠悠岁月话当年，

一笑相逢笑更甜。

二十五年情犹在，

沧桑未改此中缘。

2013.10.22

元宵感兴（新韵）

连绵爆竹一声声，

岁岁元宵今又逢。

搁笔案头窗外望，

盈街少女瘦春风。

2014.1.20

"嫦娥三号"卫星发射及月球车登月成功（新韵）

一

神州此日意峥嵘，
火箭震惊寰宇中。
浩瀚星空闻霹雳，
苍茫宇宙挟长风。
吴刚翘首瑶宫侧，
玉兔欣鸣桂树东。
此去茫茫星际路，
一朝潇洒启行程。

二

夜空绚丽众星飞,

仰望"嫦娥"上翠微。

"玉兔"逍遥登月去,

卫星倏尔探天归。

漫将此刻称佳节,

好把良辰映彩辉。

科技首圆强国梦,

举觞痛饮醉千杯。

三

神话千年说镜宫,

星云缥缈万千重。

人间翘望溶溶月,

桂树轻摇淡淡风。

不信美欧称宇霸,

且听黄炎夺先声。

全球从此须开眼,

看取中华遨太空。

2013.12.16

文化下乡速写

一（新声）

驱车百里到山庄,
点染丹青半日忙。
一副春联一幅画,
农家小院墨飘香。

二

山乡积雪尚皑皑,
腊月风和春又来。
此日登门送书画,
家家乐得笑颜开。

2014.1.26

临江仙·参加甘肃省文代会

陇上今朝春日丽,
韶光已度金城。
长河波外柳初醒。
新朋携旧友,
聚首笑重逢。

翘望文坛花烂漫,
欣看啭燕啼莺。
大鹏振翮向青冥。
好风凭借力,
助我再登程!

2014.3.26

西北沙尘暴

一

高原亘古是家乡,
万绿千红花正芳。
忽报狂沙风裹雪,
谁人掠杀好春光?

二

千里黄尘千里愁,
风沙肆虐竟何由?
可怜人类贪天梦,
不到消亡死不休!

2014.4.2

中国海洋科考船下南极（新韵）

浩茫南极鸟无踪，

雪覆冰摧水接空。

铁甲沉浮云影里，

科船摇曳浪声中。

探寻秘境驱迷雾，

追索未知遨碧穹。

看取中华多壮丽，

鸣笛奋桨掣长风。

2014.10.26

立夏即景

长河九曲抱山流,

暑夏初临景更幽。

北国满城飞柳絮,

南湖半壁戏沙鸥。

五泉岚映三台阁,

白塔晴衔百里洲。

但得熏风常伴我,

人生此外复何求!

2015.5.6

【注】
　　五泉山、白塔山、三台阁:兰州市区的著名景点。
　　南湖:兰州最大的人工湖公园。
　　百里洲:兰州沿河是"百里黄河风情线",历史上属黄河的洲渚地带。

高考感怀

蟾宫折桂总无由,

莫把金魁争不休。

寄语考生须淡定,

人生何处不风流!

2015.6.8

夜 话

夜深皎月透清霄,

诗友二三意未消。

品茗悠然说李杜,

来年窗下种芭蕉。

2015.6.8

【注】

李杜:诗仙李白,诗圣杜甫。

兰州战役遗址

沈家岭上草连空,
云影天光与旧同。
长岭依稀惊幻世,
漫山野树竞葱茏。

2015.7.1

初秋之晨

楼外晨岚接翠微,
满城曙色掩芳菲。
窗边啼鸟声声起,
一缕秋风淡淡吹。

2015.8.10

黄河题咏（新声）

一

暮色苍茫望大河，
奔流决荡势嵯峨。
关山万里拦不住，
终向海东扬巨波！

二

亘古波涛天上来，
千回百转扣云开。
何时借得狂飙起，
直挟惊雷下九垓！

2015.7.10

友人戏说七夕节，感赋（古风）

七夕天上鹊桥渡，
爱恨迢迢团圆路。
曾约年年会今夕，
此情悠悠相思苦。
灵鹊遁迹离人间，
早向银河相约处。
天上人间终一聚，
泪飞滂沱为君哭。
千里万里云霞隔，
捶胸不解恨王母！
今夕又见月一弯，
人间翘首望青天：
鹊桥早已无觅处，
秋星冷烁月光寒。
只因路遥离别久，

天地相隔已无言。
织女已傍大款去，
牛郎移情有新欢。
当年离恨竟依稀，
万里相会一擦肩。
不见当年泪如雨，
璀璨星光满宇寰。
隔河翘望一招手，
千年深情不复还。
君居天上无寂寞，
我亦逍遥在人间。
美好神话鹊桥会，
悠然一梦化云烟！

2015.8.20

九三阅兵感怀

雄兵十万战旗扬,

磅礴军威震四疆。

高筑长城卫家国,

预磨铁铗猎天狼。

横刀为保和平在,

亮剑方能社稷强。

愿我中华新崛起,

全民协力共兴邦!

2015.9.3

闻九一八国耻警报（新韵）

白山黑水史苍茫，
痛问谁曾纵虎狼？
肇此中华沉血海，
缘何倭寇践华邦？
三千万众成枯骨，
四亿生民空断肠。
若忘今朝奇耻在，
终将警报剩凄凉。

2015.9.18

雨后戏答友人（古风）

昨暮风吹雨，

高原变水乡。

君心若爱海，

不必到南疆。

只待雷声起，

满城尽汪洋！

2015.9.22

秋分之日滨河路步行

山岚曙色掩芳洲，

霞落黄河锦浪浮。

北国霜天红烂漫，

飘然又是一春秋。

2015.9.23

秋分傍晚即景

细雨霏霏日已曛,
阴阳相半正秋分。
金风起处灯虹烁,
墨菊开时香藿闻。
柳锁长河凝雾带,
人穿街市隐楼群。
遥看南岭浮仙岛,
好把诗思托暮云。

2015.9.23

中秋回故乡（古风）

今夜故乡月，

皓空洒清辉。

夜深不能寐，

中庭独徘徊。

小村深巷里，

隐隐闻犬吠。

巷口有人语，

行人趁月归。

中秋回故乡，

故乡物已非。

老树无踪迹，

旧友语亦稀。

游子拜慈母，

苍然白发垂。

殷殷问语多，

悠悠觉春晖。

苍茫古秦川,

满目显芳菲。

新区连阡陌,

乡愁无所依。

聊对中秋月,

淋漓醉一回!

2015.9.26

飞机上看云

阵云千里势崔嵬,

磅礴银涛滚滚来。

侧首舷窗逶迤望,

茫茫何处是瑶台?

2014.7.2

中秋之夜无月

秋风野树不闻蝉,

遥想清霄水接天。

今夜不知云外月,

为谁离别为谁圆!

2015.9.27

秋夜写意（新韵）

闪烁群星皓月悬,

风吹桂影出云端。

人间天上团圆夜,

万里清辉照尘寰!

2015.9.28

卷四

回乡偶感（新声韵）

秦王川里起秋风，

远望故乡愁万重。

陌上当年天底树，

一枝一叶杳无踪。

2015.9.29

听音乐《哥哥你走西口》

雪压金沙风欲狂，

天边戈壁景苍凉。

驼铃虽去痴情在，

回望伊人几断肠！

2015.10.27

秋末回乡（古风）

秋尽秦王川，北风吹水寒。
尘沙半空起，老树叶正残。
拂面风卷雪，黄叶漫飘旋。
古时烽火墩，倾颓已杳然。
村巷闻犬吠，农屋矗炊烟。
道旁逢乡党，相语各问安。
东西邻家子，倏忽已少年。
记得老榆下，友童扑榆钱。
夕阳雀归巢，月出鸟不喧。
青草蛙声急，细雨打窗檐。
而今成远客，归来情未安。
故乡建新城，村庄大拆迁。
回乡心戚戚，何处觅童年！

2015.10.31

大雪节气无雪

深冬不见雪飞扬,

万里晴空覆暖阳。

正怅诗家无美景,

忽忧冬旱祸农桑。

黄河半涸淤沙积,

古塞遥惊野鹭翔。

生态催人多警策,

顺循天道莫彷徨!

2015.12.7 大雪

雾 霾

大地苍茫起雾霾,
漫天混沌尽尘埃。
毒烟扑面乾坤隐,
恶病侵人日月哀。
竭泽捕鱼谁肇始?
屠鸡取卵已成灾。
痛将生态从头惜,
重把河山力挽回!

2015.12.10

书坛怪相三题

一、师古

常闻书界弄虚玄,

师古必从唐楷先。

试问周秦和汉魏,

如何倒转学唐贤!

二、"大师"

坊间常有大师来,

任把书堂做舞台。

泼墨高呼如杂耍,

斯文扫地实堪哀!

三、丑书

横空出世已多年,

国展厅中总领先。

法度不知何处去?

书坛满目是狼烟!

2015.10.15

即　景

雨后黄河日渐浑,

清波一去杳无痕。

不知生态谁为主?

祈铸和谐大地魂。

2015.5.14

书坛近事二题

一、国协换届

书坛近日乱纷纷,

奔走京都已断魂。

笔墨已成名利物,

几人留得古风存!

二、某君退会

追名逐利最招摇,

佯做癫狂慰寂寥。

本是翩翩抄写匠,

缘何伪饰闹喧嚣!

2015.12.12

有感于江湖书法进课堂（新韵）

一

江湖术士混书坛，
祸害谁知多少年。
试问悠悠课堂上，
缘何认贼拜衣冠！

二

可笑江湖出大师，
呼风唤雨得天时。
书坛今向何方去？
病在根源知不知！

2016.1.13

晴雪之晨

寒压黄河野鹭飞,
金城霁色映霞晖。
诗人踏雪深山去,
几度寻梅归不归!

2015.12.12

冬至登白塔山望河亭

大地阳和今又回,
三冬淑气满亭台。
游人不识诗家乐,
伫望飞鸥肯独来?

2015.12.22

岁末感赋（新韵）

世间处处庆新元，

回望来程莫惘然。

幼龄虽遭风猎猎，

华年何计路漫漫？

著文曾恨乾坤小，

谋事空嗟岁月艰。

深夜临窗横短笛，

清音吹彻到星天！

2015.12.31 子夜

【附记】

　　岁尾年初，抚今追昔，遥忆少年之时恰遇"文革"，学业中辍，黄金华年何其蹉跎；青年谋事及至在职求学，竟也一事无成；职场春秋，莫可名状。唯有心系艺文之梦而终未放弃，回望岁月，感慨良多，一曲敬酹苍天。

观韩国历史影片《宫女》

少小随征入禁宫,

心怀神圣尚朦胧。

锁身皇阙望飞燕,

凝泪故乡听远鸿。

多少阴谋深殿里?

瞬间生死御墀中。

东方帝制千年史,

半是娥眉血染红!

2016.1.6 夜

步行上班即景

一轮红日出霞晖，

楼外长河野鹭飞。

不见今冬寒凛冽，

春风正待日边归！

2016.1.8 晨

即席题赠友人摄影·西部老翁（新韵）

凝视髯翁雕旱烟，

沧桑横写入衰颜。

人生若有青春梦，

再染熏风度几年！

2016.1.12

步行随吟（新韵）

眺望晨阳出远岚，
沙鸥翔集水云间。
黄河澄澈须拼力，
祈愿和谐到永年！

2016.1.13

傍晚行吟

河边芦苇已苍苍，
冬日清波映夕阳。
一阵晚风吹好景，
沙鸥唤我共翱翔。

2016.1.13

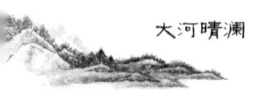

腊八节凭楼远眺

腊月阳和已近春，

长河九曲浪无垠。

兰山迤逦纤云下，

白塔巍峨野水滨。

漠漠蒹葭披落照，

亭亭古道满游人。

遥看峻厦连天起，

一岁胜如一岁新！

2016.1.17

夜遇地震

正欲凌晨入睡时，
高楼晃若断杨枝。
人间谁是神明在？
敬畏天公知不知！

2016.1.17

送　别

岁岁河边白鹭翔，
今朝又见菊花黄。
送君千里潇湘去，
剩得幽思若许长。

2016.1.17 夜

兰州发现新丹霞地貌

嶙峋起伏落红霞,

沉积荒原万里沙。

烈火千年谁点燃?

熔成丽景耀天涯!

2016.1.27

【注】

兰州市民近日在永登县树屏镇杏花村山顶,发现尚未开发的原始丹霞地貌,此为市区境内"天斧沙宫"之外又一自然奇景。

听 雨

秋雨绵绵秋有声,

敲窗一夜觉风轻。

斜依枕上听秋雨,

辗转悠悠到五更。

2016.8.23

下班途中遇沙尘暴

隔河遥望九州台,

扑面风催百里埃。

未觉高原春意暖,

黄沙先落古城来!

2016.2.18

望 月

一轮圆月寂无痕,

长惹诗人欲断魂。

凝聚深情寰宇内,

清辉万里洒乾坤。

2016.11.16

春夜雅集

弦音墨韵漾琴台,

汉韵唐风淡淡回。

疑是群仙开夜宴,

暗香飘下九天来!

2016.2.28 夜

【注】

来自台湾的古琴演奏家阿辉、画家阿陈、西北民族学院音乐硕士苟英杰讲师、武威舞蹈教师谢举祯及各地古琴学员30多人,春夜雅集,或清唱,或朗诵,或作画,或献舞,琴声高古,其韵悠悠。笔者现场书写"抚琴参禅"题赠佩琳小屋主人。

黄河春景写意（新韵）

三月陇原缥缈天，
衔春燕子正呢喃。
桃红峻岸垂垂雨，
柳绿长河淡淡烟。
曾有暖阳曾有雪，
也经浓雾也经寒。
一湾碧水千秋镜，
祈照和谐到永年！

2016.3.16

即事（新韵）

东方礼仪数千年，

延续风雅世代传。

今日全球遭唾骂，

只缘文革肇凶端。

2016.3.19

【注】

　　据媒体报道，最近一项在1500名欧洲酒店经理中进行的调查显示，日本人当选世界最佳游客，中国人则在世界最差游客中名列第三。

回乡祭祖（新韵）

祭祖红湾下，驱车归故园。

丹霞围峻岭，芦井聚前川。

水磨依稀响，清流迢递喧。

鸟飞坝头子，鱼跃草塘间。

喜鹊鸣巢树，春风送纸鸢。

新城开锦域，旧迹泯苍烟。

隐隐群楼起，悠悠风物迁。

遥看故乡事，惆怅忆童年。

2016.3.26

【注】

予祖籍秦王川，距兰州市区60千米，原为永登县西槽镇红湾村。百年前高祖携家迁居皋兰县西岔镇四墩子，此地以古代烽火墩命名。两地均距中川机场未远，然横跨两县，现又被划归兰州新区所辖。红湾，祖茔居此，四面为丹霞地貌。幼时随祖母至红湾探亲，或随堂祖父及族人清明祭祖，印象极深。红湾、芦井水、坝头子、泉眼、水磨、道水塘，皆为此地旧名。兰州新城大规模拆迁建设，秦王川多数村镇和风物不复存焉。

将赴广州自题

岁岁凭轩夜,

消磨意未凉。

涛声千里涌,

翰墨一池香。

挥笔追秦汉,

吟诗拜宋唐。

为看长海秀,

再度下南疆。

2016.4.1 于兰州中川机场

远眺南海

日出南疆外,
晨岚隐海东。
鸥追帆影白,
霞映浪花红。
潮水浮晴岛,
椰林摇碧空。
心随天地阔,
扑面皆春风!

2016.4.4

广州至兰州飞机上

才别南疆海,
又凌天上云。
仙山无处觅,
今古两难分。
俯视河如带,
遥看山抹曛。
高原春事急,
正待雨纷纷。

2016.4.4

自广东返回秦王川

天上方稍纵,

人间万里程。

朝观南海浪,

暮听陇原莺。

翠柳梳飞燕,

春风满古城。

清明微雨里,

处处事农耕。

2016.4.4

马年题咏（新韵）

一、马踏飞燕

西来天马裹长虹，
浩气犹融大汉风。
园厩岂能留得住？
身超飞燕自行空。

二、战马巡边

朔漠迢迢去戍边，
扬鬃雄迈绝尘烟。
宁随将士征砂塞，
不肯低头伴管弦。

三、千里名马

当年疾走挟秋风,
飒爽英姿有美名。
踏遍关山三万里,
沙场再度立功勋。

四、关公赤兔

英雄战马两难分,
生死相依情最真。
偃月青龙寒似雪,
世间千古忆忠魂。

五、伯乐相马

埋名村野几多年,
瘦骨嶙峋鬃毛斑。
一日长嘶逢伯乐,
从容报国不须鞭。

2014.2.30

冬夜醉眺

璀璨华灯映碧空,
黄河如带挟天风。
天怀欲饮千里浪,
揽袖凭掀七彩虹。
多少沧桑归宇外,
几分豪气入杯中。
窗前清景四时在,
胸有烟霞便不同!

2016.12.1

卷五

合欢花

相依相偎抱香来,
红锦羽衣联袂裁。
知是前生缘未了,
痴情依旧为君开!

2015.6.30

落花吟（新韵）

未见秋风满院吹,
芳红飘落竟何为?
叹君自堕尘泥去,
无奈声声唤不回!

2015.7.28 夜

五叶地锦

风催锦叶耀清晨,
忽见墙篱满目新。
莫道秋深枝已老,
经霜胜却十分春!

2015.10.26

黄河芦苇（新韵）

已是风霜秋暮天,
苍苍翠苇不知寒。
纵然万卉凋零去,
依旧亭亭立水边!

2015.10.28

霜　菊

北国秋深万树黄，
彤云沉雾蔽斜阳。
群芳皆被风摧去，
唯有菊花斗严霜！

2015.10.29

题　菊

曾向东篱访菊花，
南山隐隐问陶家。
含霜独有风华在，
不伴春桃炫彩霞。

2015.11.17

戏改黄巢诗

已到霜秋九月八,

菊花惊艳百花杀。

清香绝色满长安,

芳华何必做金甲!

附:黄巢《不第后赋菊》

待到秋来九月八,

我花开后百花杀。

冲天香阵透长安,

满城尽带黄金甲。

2015.11.17

丹 菊

不与群花一并栽，
紫香须待严霜催。
砚田留得三千亩，
点染丹青绚丽开。

2015.11.20

白 菊

白菊开时月带霜，
琼枝素萼玉凝香。
天生肌雪美人骨，
吟瘦书生夜断肠。

2015.11.20

忆 菊

平生着意爱黄花,
吟遍颂词君莫嗟。
已是深冬尚追忆,
只缘此菊出陶家。

2015.11.20

菊 园

琼香紫蕊满山隈,
引得诗人去复回。
若与名花相对饮,
不辞倾尽八千杯!

2015.11.21

咏　菊

不受霜寒半点侵，
也无娇骨媚芳林。
淡然留得风华在，
原有抱香一片心。

2015.11.24

晚　菊

自知无意犯秋霜，
丽质生来有异香。
不向花中苦争艳，
群花凋尽独芬芳。

2015.11.19

杨妃粉菊

瑰丽仙姿出凤台,

芳华逸韵绝尘埃。

侵霜不染贫寒色,

一派雍容带露开。

2015.11.25

【注】

凤台:秦穆公为其女弄玉所筑,典出《列仙传》。

早　梅

绿萼红包发,

寒梅独一枝。

迎来春讯早,

先报世人知。

2016.12.23

金丝皇菊

煌煌威仪下瑶台,
常把金袍龙样裁。
我若逢秋先不发,
花中谁敢斗霜开!

2015.11.25

花市偶见梅花

委身泥迹混芳丛,
犹抱枝头点点红。
本是瑶台一仙子,
奈何遗落俗尘中!

2015.7.28

兰州早梅

西风昨夜下昆仑,
吹落眼前满树银。
伫望兰山深雪里,
早梅惊艳一枝春!

2015.11.18

梅 树

半轮晨月倚窗纱,
窗外寒梅掩早霞。
几树红蕾浮白雪,
诗人未到不开花

2015.11.18

冬　梅

冬月凌寒三两枝，
红梅绽放透仙姿。
横空独占漫天雪，
多少春花开已迟。

2015.11.18

雪　梅

梅仙昨夜下瑶台，
一缕幽香淡淡来。
不恨春风吹不到，
此花只向雪中开！

2015.11.19

寻 梅

白雪飘飘春讯催,
诗人闲步看红梅。
高标逸韵谁人识?
一树清香待我来!

2015.11.19

梧 桐

春来常见绿盈庭,
阔叶高枝冠似屏。
可叹逢秋先变色,
繁华转瞬俱凋零。

2015.11.19

题 竹

丛竹生机绿十分，
四时挺立上摩云。
凌霜抱节高风调，
我独痴心爱此君！

2015.11.19

咏 竹

白塔山前逢此君，
风摇竹影叶纷纷。
潇潇劲节千寻起，
共挽黄河遏白云。

2015.11.20

赏　竹

北国园中此处寻，
亭亭绿竹已成林。
虚怀自抱凌霄节，
不负苍苍士子心。

2015.11.20

风竹（新韵）

风卷冻云腊月天，
陇原又是雪封山。
君看修竹昂然立，
大节从来不畏寒！

2015.11.20

雪 竹

高原昨夜雪蒙蒙,
绿竹遥承九万风。
待得晴和红日出,
今朝更见节凌空。

2015.11.20

幽 竹

月光如水水如琴,
绿竹幽幽小径深。
独对月华弹一曲,
高山流水报知音。

2015.11.20

松树吟

耸立峰前接大荒,

牵云带雨历沧桑。

何须装点四时景,

应向中庭做栋梁!

2015.11.26

题黄山松

枝压飞云纵八荒,

仙风道骨度沧桑。

高华宁抱三千岁,

不肯降凡充柱梁!

2015.12.1

盆 兰

楼外风吹落雪花,
窗前兰叶吐新芽。
移来仙草殷勤种,
留取馨香驻我家。

2015.12.2

兰花吟

千古歌吟今未休,
名花应属此花幽。
春风拂我清香发,
好结鸥盟上远舟。

2015.12.3

幽兰（新声韵）

身居幽谷远尘嚣，
天赋清名品自高。
本是深山一隐士，
何须引我入离骚！

2015.12.3

墨　兰

挥墨纷披任剪裁，
琼花每向梦中开！
遥思屈子行吟处，
一缕香魂淡淡来。

2015.12.4

君子兰

雍容华贵下凡尘,

大德薪传已绝伦。

待到春催丹蕊发,

清香一缕报知音。

2015.12.4

蟹爪兰

盆中丹蕊绽缤纷,

满室传香已到今。

蟹爪原非谋霸道,

花开自有抱芳心。

2015.12.4

马蹄莲

鹅黄绛紫斗芳菲,

常把芊秋做翠帏。

高竖喇叭鸣不倦,

声声要唤暖春归。

2015.12.5

深秋银杏（新韵）

一树沧桑百宝身,

悠悠岁月入年轮。

秋风落叶随霜降,

犹作林中满地金。

2014.5.9

玫瑰吟

雍容丽质着红装,
华媚盈盈满院香。
玫瑰生来艳如火,
东风不必笑轻狂!

2014.5.11

牡丹吟

馨香馥郁满园栽,
万绿丛中朵朵开。
自向春风展娇媚,
何曾为引彩蝶来!

2014.5.19

落　花

一朵春花发异香，
乱风吹落水中央。
残红原是无情物，
流水何须枉断肠！

2014.3.16

河边垂柳

长丝袅袅叶垂堤，
万缕千条碧满蹊。
俯首还存高格调，
虽低不肯拂尘泥。

2014.4.15

银 杏

一（新韵）

春来馥郁气萧森,

银杏浑身是宝珍。

不藉晨霞摇翠扇,

披霜始见满园金。

二

叶扇横空三百寻,

世人珍爱惜如金。

逢秋纵已华年老,

终把辉煌付寸心。

2015.12.10

桃花会上遇友人

十里馨香十里花,

森森古木浸红霞。

每逢四月游人醉,

君在桃林第几家?

2015.4.26

晨见冰凌花

窗外酷寒正袭人,

冰凌璀璨斗霜晨。

此花原自瑶台发,

为我先开别样春。

2016.1.25 晨

春夜寄友人

一 (新韵)

皓皓今宵月,
悠悠一寸心。
熏风来拂我,
知是九州春!

二 (古绝)

楼外长河远,
案前翰墨深。
夜静闻丝竹,
忽觉岁华新!

三（新韵）

千里溶溶月，

清辉不染尘。

静听古筝曲，

窗下独歌吟。

2014.2.10

送　别

岁岁河边白鹭翔，

今朝又见菊花黄。

送君千里潇湘去，

剩得幽思若许长。

2015.10.19

夜读二题

一

长夜沉吟不寂寥,

挑灯夜读惜琼瑶。

推窗远望南山月,

独向松风吹紫箫。

二

唐风宋韵尽妖娆,

遥拜先贤仰九霄。

偶得诗情三四缕,

窗前夜雨打芭蕉。

2015.6.9

【注】

琼瑶:出自《诗经》"投我以木桃,报之以琼瑶"。

寄远方

枫叶透红千万枝,

黄河秋鹭暮归迟。

我心长似水边鹭,

日夜思君君不知!

2015.11.1

夜 思

盆中兰蕙吐幽芳,

灯下徘徊几断肠。

咫尺竟如天地隔,

苍山碧水两茫茫。

2016.1.21

夜　眺

今夜霓虹今夜风，

韶华流月又匆匆。

一年光景无从觅，

长河远望水连空。

2016.1.21

兰州春景

黄河如带去无踪，

两岸芳菲桃已红。

总有多情堤上柳，

长丝拂绿斗春风。

2016.3.16 晨

忆仙姿·春景

河畔青青杨柳，
柳外翩翩红袖。
笑语掩春晖，
时见少年牵手。
回首，回首，
魂系黄河溪口！

2016.3.7

夜雨寄远

倚窗听雨夜潺潺，
遥望伊人久不还。
为问此情何处寄，
几重秋水几重山！

2016.11.3

蝶恋花·回乡心绪

四野芳菲桃绽放,
翠柳摇空,
燕子飞飞往。
湿地春深风浩荡,
秦川处处黄莺唱。

今日归来生怅惘,
往事如河,
淡淡翻轻浪。
多少华光成俯仰,
童年远在天边上。

2016.3.26

踏莎行·清明节随感

陌上莺啼,

陇原日暖,

声声布谷双双燕。

鹅黄嫩柳已芳菲,

清明时节春花燃。

祭祖情怀,

焚香画卷,

纸钱烧彻川林遍。

尊亲须葆好山河,

应将习俗深深变。

2016.3.29

雨夜独归（古风）

夜走黄河畔，

微风吹我衣。

长河映幻彩，

拂面雨丝丝。

缓步过大桥，

波平水旖旎。

默默欲何往？

忽东又复西。

长堤杨柳岸，

芳草已萋萋。

夜闻草香发，

风吹杨柳低。

遥望白塔山，

苍茫与天齐。

酒后默无语，

低首信步归。

行行复行行,

徘徊如有思:

惆怅人已醉,

伊人知不知!

2016.4.5

偶感（新韵）

人生际遇得之天,

时有骄阳时有寒。

好借春风观胜景,

水光山色两悠然!

2016.4.16

咏燕·次韵一和王传明

北国春来鸟,
呢喃三月天。
归巢歌欲醉,
剪柳影堪怜。
群舞平湖阔,
双飞好韵圆。
黄河盟约在,
也未忘幽燕!

附:王传明《咏燕》

有鸟来三月,
浑如降自天。
羽玄疑墨染,
颔紫惹人怜。
飞掠烟波静,
呢喃春梦圆。
年年归复返,
应是恋幽燕。

楼居·次韵二和王传明

我住层楼顶,
长年不觉艰。
推窗数星宿,
伏案隔尘寰。
常得烟霞近,
偶随彩霓悬。
悠然望"下界",
且喜自"成仙"!

附:王传明《楼居》

共羡楼居好,
楼居亦太艰。
浑难接地气,
几近绝人寰。
楼自红尘起,
身从碧落悬。
何时归"下界",
我已厌"成仙"。

兴隆山夜宿·次韵三和王传明

秋向山中宿,
能逢几岁霜?
白云浮碧落,
红叶度苍凉。
溪草披晨露,
杂花送野香。
偶来兴隆下,
胜似到仙乡。

附:王传明《兴隆山夜宿》

信宿山中梦,
人间历几霜?
松涛疑夜雨,
溪水送秋凉。
芳草侵衣绿,
鲜花入院香。
可怜尘俗客,
到此不思乡。

远眺黄河·次韵四和王传明

登高远望母亲河,
亘古东流九曲波。
万里关山推激浪,
四时鸥鹭唱飞歌。
曾看青史兴衰急,
遍历沧桑雨雪多。
我唤时人须警悟,
和谐生态永毋磨!

附:王传明《咏黄河》

滨河路上望长河,
心逐滔滔东逝波。
九曲绵延三万里,
亿年吟唱一支歌。
奔来天宇诗情奋,
流过乡关画意多。
孕育文明五千载,
摇篮功德不能磨。

北方春草·次韵五和王传明

北草逢春绿,
虽迟遍地生。
风吹迷远野,
雨湿带幽情。
冉冉天边秀,
依依楼外青。
芳华随处在,
何用计浮名!

附:王传明《芳草》

芳草何娇美,
春来处处生。
夜深常入梦,
霞染更关情。
池岸随风绿,
河堤带雨青。
山川凭点缀,
不必叹无名。

咏蚯蚓·次韵六和王传明

体娇只怕曝强光,
洞穴深潜挖掘忙。
摄食常寻几寸土,
蛰居犹抱九回肠。
曾无明目知方位,
乐把隧泥认故乡。
日日穿梭为耕作,
要留清誉似花香。

附:王传明《咏蚯蚓》

终生默默度时光,
昼夜无分作业忙。
弱体偏能攻硬土,
清泉足以润饥肠。
远离人境非遗世,
深隐泥层岂梦乡。
泄泄融融苦寓乐,
秋来赢得满园香。

雄鸡报晓·次韵七和王传明

遥唱天穹下,

乾坤破晓光。

晨星随旅友,

弦月照农桑。

唤舞英雄剑,

催醒商贾忙。

闻声五更起,

百业自兴昌!

附:王传明《咏鸡声》

一唱鸿蒙辟,

文明现曙光。

千村多犬豕,

四野遍麻桑。

报晓农夫作,

攻书学子忙。

黎民乐其业,

渐看礼仪昌。

【注】

　　王传明:兰州大学文学院教授,中国古典文献学专业硕导,甘肃省诗词学会副会长,发表诗词千余首、论文多篇。

文竹题咏

清韵高枝无俗容,

亭亭玉立翠方浓。

纵然身在盆中踞,

逸态宛如百丈松。

2016.10.3

题友人国画《骆驼图》 （新韵）

凝眸大漠入丹青，
千里黄沙任纵横。
笔下常存豪气在，
悠悠古道寄深情。

2014.4.2

题人民大会堂国画《江山如此多娇》

彩墨华笺不染尘，
眼前风物一时新。
丹青得见胸襟在，
化作山河万里春。

2014.4.6

寒露远望

高原满目已苍苍,

寒露今逢日更凉。

鸿雁鸣飞云梦泽,

长河啸染水天霜。

岸边芦苇摇黄叶,

陌上丹枫迎紫阳。

莫道秋深无逸韵,

东篱金菊正飘香。

2016.9.16

卷六

次韵奉和褚宝增

一

把酒金城会诸公,
桂花开处感秋风。
此情应向杯中醉,
万里相逢尽几盅。

二

言及大唐念诸公,
由来李杜挟雄风。
诗仙诗圣双峰在,
笑指江河入酒盅。

三

地北天南仰褚公,

纵横文理步清风。

京华长望汉唐月,

共向阳关酹一盅。

四

曾向墨池学鲁公,

峥嵘得见大唐风。

黄河九曲真情在,

好待来年再举盅。

2014.9.3

【注】

　　褚宝增:中国地质大学数理学院教授,治学之余吟诗作词,成就斐然。秋日与友人偶聚兰州,酒后深夜对吟,堪为乐事。本诗所言鲁公,指唐代颜真卿,余自幼即临习颜真卿法帖。

　　大唐诸公:乃指李白、杜甫等人。

　　褚宝增原诗:逐日金城访鲁公,菊花用力暖秋风。情真放眼谁堪醉?岂若相逢酒一盅。

贺友人诗集出版（新韵）

解甲归来志益坚，
吟诗捉笔度华年。
妙文源自胸襟出，
好引长风吹远帆。

2014.7.20

题《马元篆书千字文》

银钩铁画气苍茫，
势若蟠龙跃海洋。
挥笔竟翻新墨韵，
美文千古再传香。

2015.7.13

谷雨之夜答诗友（新韵）

黄河岸畔物华新,

柳拂长堤谷雨春。

掩卷凝看窗外竹,

对灯遥想梦中人。

曾将李杜迎知己,

拟把苏黄认不群。

千里共挥樽底酒,

梨花深处醉三巡!

2015.4.20

【注】

　　李杜：李白、杜甫。

　　苏黄：苏东坡、黄庭坚。

夜寄诗友

华年转瞬去匆匆,

披雪经霜一笑中。

夜雨如琴诗韵在,

梅香伴我两心同。

2015.4.30

题诗友蒲公英照（新声）

案前挥墨正徘徊,

微信忽传彩照来。

身负重石压不住,

黄花两朵灿然开!

2015.6.8

题周桦微信图片

日照松林石径开,

晨风拂我独徘徊。

此心飞越潇湘去,

一缕梅魂何处栽!

2015.6.8

【注】

周桦:甘肃省戏剧家协会副主席、兰州市豫剧团团长、中国戏剧梅花奖得主、国家一级演员。

雨 夜

霏霏夜雨竹生凉,

独对长河独感伤。

静坐不知时已晚,

秋风指我几彷徨。

2016.9.30

书屋自题·次韵奉和秋子先生

梅香拂我诵清歌,

窗映黄河听巨波。

纵使消磨三万日,

砚田耕牧不矜多。

2015.10.29

附:秋子原作

平生总爱唱秋歌,

笔墨柔情韵荡波。

废纸三千犹恨少,

新诗半句亦矜多。

贺巫卫东先生画展

继承传统涉西洋,
踏遍山川历八荒。
水墨氤氲丘壑在,
别开生面写沧桑。

2011.1.22

读书有得

诗家妙笔造新春,
修德读书两养真。
濡墨亦须丘壑染,
山高水远气嶙峋。

2015.7.15

众名家广州合制巨作

一 （新韵）

寻盟结友意翩然，
闲趁春风到岭南。
借得胸襟挥妙手，
丹青写出好江山。

二

北南书画斗婵娟，
濡墨淋漓共灿然。
下笔生花风格异，
高原粤海两重天。

2016.3.14

【注】

兰州市政协与广州市政协、珠海市政协联合举办《五彩丝路·翰墨同心书画联谊笔会》，甘肃名家郭文涛、李葆竹、毛志成、巫卫东等联合创作巨幅山水《丝路古道汉唐风》，广东名家陈永锵、卢延光、李醒韬等联合创作巨幅花卉《锦绣岭南》，同行书画家各献佳作，本人赋诗纪盛并以原创诗书作品以赠。

参观珠海古元美术馆

运刀如笔写沧桑,

大德才情溢八荒。

借得南疆丰韵在,

高怀雕出百年芳。

2016.3.11

【注】

古元:广东珠海人,曾任中央美院院长,一生创作甚丰,徐悲鸿誉其为"中国艺术史上卓越的天才"。

无 题

已到中秋尚未圆,

遥望桂魄碧云天。

五更唯有窗前月,

一夜徘徊照不眠。

2016.10.20

观景赠诗友

南山迢递势嵯峨,
万里黄河窗下过。
紫燕穿杨剪垂柳,
白凫嬉水激沧波。
临风独奏高山曲,
对景低吟流水歌。
待到春深百花发,
邀君醉月意如何?

2016.2.22

飞赴广州

时逢近夏又南航,
天上人间两浩茫。
碧落澄清开混沌,
云涛作势任汪洋。
凭舷俯视千峰绿,
着意遥凌万壑苍。
若把童心存眼底,
江山无处不春光。

2016.5.1

登兰州白塔山

春暮沿阶上,
层层丽景多。
河声涛迤逦,
花鸟柳婆娑。
台阁依芳树,
群山拥翠螺。
须登云起处,
纵览万顷波。

2016.4.24

即景（新韵）

徘徊小院中，

人静鸟无踪。

曲径霏霏雨，

疏林淡淡风。

槐香萦绿树，

竹韵掩高桐。

待到晴和日，

花开别样红。

2016.5.25

建筑科技大学运动草坪写意
（新韵）

昨夜侵宵雨，

今朝湿柳低。

玉兰香气发，

群鸟脆声啼。

晨练人来早，

诵书音渐稀。

清风有真味，

我自会天机。

2016.6.2 西安

西科大校园夜坐

长安暑夏热难当,
暂向校园寻夜凉。
闪烁霓虹迷峻厦,
依稀树影蔽穹苍。
华灯低照朦胧色,
青草暗飘浅淡香。
静坐不知时已晚,
远闻钟鼓入微茫。

2016.6.6

校园操场晨景

清晨雨后透微凉,

一树繁花一苑香。

场上青春关不住,

龙腾虎跃少年郎。

2016.6.7 西安

春雪之夜

古城春夜雪初飘,

风拂柳丝几度娇。

已是微醺兴未尽,

窗边对景独吹箫。

2017.2.20

秋日之晨

暑气侵人久,
经宵一雨空。
长桥凝白露,
远树隐苍穹。
河涌飞飞燕,
柳梳剪剪风。
几声晨鸟起,
秋意染芦丛。

2016.9.7

兰州立春之夜

陇原名郡度芳华,
今夜春临百姓家。
白塔挽云衔玉宇,
黄河推浪润天涯。
一城烟火斑斓色,
万盏霓虹璀璨霞。
待到明朝杨柳绿,
销魂更见碧桃花!

2017.2.3

西固三江口景区

三河汇聚浪纹平,

湿地常闻野鸭声。

直待风催百花发,

阳春深处看黄莺。

2017.2.2

【注】

西固达川三江口:是黄河、庄浪河、湟水河汇聚之地,现为生态文化景区。

兰州春雪

古城今日已回春,

小雪初飘又浃旬。

案上盆梅丹蕊发,

寒风劲吹胜芳辰。

2017.2.7

兰州夜雨

金城春夜雨绵绵,
俯望黄河薄雾旋。
涌浪浮金金似带,
轻风拂柳柳如烟。
隔河虹彩迷楼厦,
飞岸笛声过凫船。
好景撩人眠不得,
明朝喜看杏花天。

2017.3.4 夜

春　晨

旭日黄河破雾来，
群凫飞去又飞回。
寒风毕竟吹难久，
早有春花含笑开！

2017.3.9

春之晨

雪霁兰山白，
春风暖亦寒。
烟霞遮不住，
红日出云端！

2017.3.15

兰州倒春寒

九曲黄河云底开,
南山沉雾去还来。
沙洲白鹭双双下,
芦岸斜风阵阵催。
杨柳含苞藏浅绿,
杏桃畏冷盼轻雷。
陇原连日春寒急,
谁把芳华再唤回?

2017.3.14

九州台怀古（古风）

大禹分天下，

金城属古雍。

河飘千里带，

山峙万年峰。

驼铃声已远，

鼙鼓杳无踪。

正是春风起，

长歌拜九龙。

2017.3.15

【注】

兰州市区北山主峰名九州台，传说是大禹治水划分九州的遗迹，兰州属古雍州界内。

九龙：传说作法治水的九条龙。

北方春分感兴

阴阳参半两平分,

鸽哨巡天远处闻。

燕子双双低剪柳,

风筝对对上摩云。

韶光迢递才初暖,

人事频催须更勤。

日日吟春春不语,

杏花飞蝶已纷纷。

2017.3.20

登兰州碑林草圣阁

峻阁巍巍接八荒,

满城微雨起苍茫。

云横长岭千层碧,

河映群楼九曲长。

啼鸟依稀迎远客,

山花绚丽送清香。

春风引我登高处,

揽取韶华认故乡。

2017.4.15

卷七

成都民宅小巷

锦城初夏雨霏霏，
老树横空宅掩扉。
深巷悠然存蜀韵，
流连竟日欲忘归。

2017.5.3

夜雨寄远

倚窗听雨夜潺潺，
遥望伊人久不还。
为问此情何处寄？
几重秋水几重山！

2016.11.3

成都著名景区"宽窄巷子"一角

五月风华盛,
游人兴浩然。
品茶幽竹外,
把酒古榕前。
宽窄几重巷?
迢遥数百阡。
漫游千里地,
到此胜群仙。

2017.5.3

成都望江楼

一

望江楼上望江流,
千里锦江云影浮。
丽阁依稀留胜迹,
美人才气压神州。

二

竹影摇风风送碧,
江楼映水水生光。
千寻丽阁凌云起,
一缕诗魂绝代芳。

2017.5.4

成都薛涛井

香消玉殒越千年，
才女名存天地间。
涛井一泓芳韵在，
诗魂凝月照人寰。

2017.5.4

玫　瑰

秾艳华滋不染尘，
柔中带刺护芳身。
烈如真爱醇如酒，
自抱馨香作美神。

2016.5.23

登四川青城山

适逢立夏雨茫茫，
登谒青城览八荒。
山雾依稀迷远界，
松涛缥缈幻沧桑。
寻幽低诵老庄句，
问道还吟李杜章。
若得抽身忘俗务，
时来小住白云乡。

2017.5.5

参观四川三星堆博物馆

古蜀遗踪在,

珍华满目收。

苍茫无数谜,

神异几千秋。

重器惊寰宇,

遗存震五洲。

徘徊展厅里,

恍若入方舟。

2017.5.5

晨登兰州白塔山

昨日倾盆雨，

今朝万里晴。

晨岚绕云岭，

水气掩金城。

绿树千重湿，

黄河一带横。

遥闻浓荫里，

处处是啼莺。

2017.5.7

题雪松

拔地三千尺，

苍然气势开。

横空牵日月，

沐雨见襟怀。

枝壮凌云起，

根深斗雪栽。

西风吹不折，

原是栋梁才。

2016.4.20

黄河柳絮

正是高原春暮天,
金城柳絮又吹绵。
依依辞别河边树,
淡淡轻飘陌上烟。
曾付情思飞远雪,
也留佳话续诗缘。
不争桃李缤纷色,
风送生机到日边。

2016.4.21

蒲公英

岁岁花期久,

春开到晚秋。

生机铺草野,

清影满田畴。

入药山珍在,

含馨嘉德留。

随风播新绿,

处处是芳洲。

2016.4.29

牡 丹

万树葱茏一院芳,
牡丹凝露送幽香。
雍容绝代三山客,
娇媚倾城百卉芳。
青史文人多咏诵,
皇宫妃子比仙妆。
平生不为夸姿色,
要把清名留大荒。

2016.5.21

园中月季花

秾花滴艳映楼台，

姹紫嫣红月月栽。

芳颊几曾招粉蝶？

姣容岂愿惹尘埃！

每沾晨露含羞发，

也傲秋霜绚丽开。

不羡春花争烂漫，

四时常有异香来。

2016.5.22

泡桐树题咏

磊落千寻起,

苍茫出九垓。

叶繁承露阔,

花紫倚云开。

立足虚心得,

凌霄霸主材。

桐琴有天质,

只待舜君来。

2016.5.26

【注】

　　泡桐的木质导音性能良好,是制作古琴的首选材料。据《孔子家语》记载:帝舜曾一面弹着五弦琴,一面唱"南风之熏兮,可以解吾民之愠兮"。

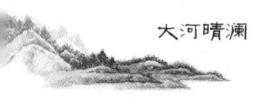

马兰花（新韵）

纷披妩媚出芳田，
一束一丛一片蓝。
应是今朝风带雨，
引来仙子到人间。

2016.5.25

闻鸡起舞

从来励志仰前贤，
祖逖闻鸡剑气旋。
报国襟怀少年始，
封侯跨马自当先。

2016.5.27

雄鸡报晓

足踏高坡迎晓风,
从容顾盼气如虹。
引吭唤出天边日,
残雾浮云一扫空。

2016.5.27

校园操场晨景

清晨雨后透微凉,
一树繁花一苑香。
场上青春关不住,
龙腾虎跃少年郎。

2016.6.7 西安

黄河双凫三题

一

天是家乡水是盟,

相依相伴此情浓。

去年同结神仙侣,

邀约春光今又逢。

二 （折腰体）

我是朝阳君是霞,

餐风饮露胜婚纱。

但愿君心如碧水,

随君追梦到天涯。

三

一对白凫浮绿洲，
相依相偎两悠悠。
知君早有丹心在，
唯愿情长似水流。

2017.2.10

下乡即景（新韵）

秦川飞雪不知边，
百里茫茫风送寒。
莫道山乡无美景，
琼枝玉树斗婵娟！

2016.10.23

卷八

北方连翘花

园中小丛树，

雨后吐新芽。

浅绿星星叶，

鹅黄淡淡花。

身微藏药性，

日暖蕴芳华。

愿借春光早，

分于百姓家。

2017.3.21

黄河杏花（古绝）

三月雨夹雪，

河畔杏花开。

风寒拦不住，

毕竟韶春来！

2017.3.23

榆叶梅

瑰丽院中梅，

先于绿叶开。

幽怀自高洁，

蜂蝶莫轻来。

2017.4.5

玉兰花

本是江南客,
移居北国来。
逢春香蕊发,
抗旱丽姿开。
绰约含天意,
晶莹抱逸怀。
心存冰雪里,
不愿惹尘埃!

2017.3.28

紫斑牡丹

宇内声名起,

高原出异葩。

斑如天上玉,

锦若日边霞。

采育洮河畔,

培生西北家。

逢春开紫蕊,

不负好年华。

2017.3.3

槐　树

古树陇原槐，
暮春花未开。
秋来香二度，
世上莫疑猜。

2017.4.5

海棠花

摇曳满头簪，
花开春已深。
含情香带露，
为有美人心。

2017.4.7

千年古柏

古柏称雄起,

挺身八百寻。

凌空枝馥郁,

拔地气萧森。

寒雪几曾屈?

严霜不可侵!

从容越千岁,

日月识高襟。

2017.4.6

紫荆花

四月紫荆花,

遥看灿若霞。

品高香自远,

脱俗得风华!

2017.4.12

紫丁香

花香不染尘,

紫气结氤氲。

长向小园里,

赠留一段春。

2017.4.13

春夜即景

夜坐滨河路,

华灯次第开。

霓虹飞峻阁,

杨柳隐堤台。

亘古千层浪,

沧桑一粒埃。

遥闻花影下,

风送笛声来。

2016.4.18

居延汉简遐想

一

居延汉简出河西,
堙没黄沙千岁迷。
逸笔长留征战史,
苍茫似见夕阳低。

二

汉家威武起雄风,
吞吐边陲西复东。
万里驰书烽火急,
匆匆笔墨建奇功。

三

戍守雄关年复年,

卫边何惧起狼烟。

军情疾向长安报,

战马嘶鸣箭在弦。

四

汉武开疆千里雄,

边关驰羽号兵戎。

当年草写三军策,

独领书坛绝代风。

2017.5.15

【注】

居延汉简是在我国西北古代长城、烽燧等军事国防建筑遗址发现的大量汉代简牍,出土简牍以甘肃为最,被誉为20世纪中国文明"四大发现"之一,因在我国西北额济纳旗的居延地区(原属甘肃,后划入内蒙古)而得名,其书写时间跨度达270多年,内容极其丰富,对研究汉代的军事、政治、经济、科技、文化、法律、民族、宗教及社会生活状况等都具极高的学术价值。居延汉简堪称"国宝",是继"敦煌学"之后又一门新兴的学科"简牍学",其书法艺术价值独一无二。

谷雨之日寄远

陇原晴雨后,

北国一时新。

日照苍山秀,

花开锦苑珍。

鹅黄凝翠柳,

浅绿染阳春。

今把芳菲事,

殷勤寄远人。

2016.4.19

五四之日寄语青年

年年五四又重逢,

指点江山气自雄。

大德襟怀须奋发,

少年壮志不言穷。

挺身负重谋前路,

踔厉担当唱大风。

若把青春融国事,

相期更上九霄中。

2016.5.4

参观会宁长征胜利会师纪念景区

桃花山上白云开,

遥望川原景若裁。

万里长征惊日月,

三军汇聚起风雷。

会师塔下温前史,

宣誓声中除旧埃。

要把精神传百世,

擎旗更有后人来。

2016.5.5

咏木槿花

三伏有芳景,
欣看木槿开。
繁花枝上灿,
清气院中徊。
暮落朝犹发,
春香夏不摧。
知君怀逸趣,
相惜我还来!

2017.6.12

小满之日诗友茶会

时逢节日是今朝,
竹韵松声落九霄。
芳草园中凝绿意,
诗坛桌上辩风骚。
愿祈麦谷临初满,
应抱虚心戒小骄。
但得平生常自警,
轻歌一路上云桥。

2016.5.20

长安晨望

昨夜潇潇细雨声，

敲窗一宿到天明。

云横秦岭连宫阙，

雾锁关中浮帝京。

渭水萦回丰镐邑，

灞桥递接汉唐城。

千年旧梦沧桑事，

化入长安几树莺！

2016.6.30

卷九

乘列车赴西安

一夜长安至,

关中麦已黄。

清晨云霭霭,

平野树苍苍。

高铁飞虹起,

农庄宿鸟翔。

遥看窗外景,

满眼好风光。

2016.5.30

出门遇雨

天晚出门去,
忽逢骤雨过。
空中倾水柱,
平底起悬河。
电闪狂飙舞,
雷惊霹雳波。
行车浮海上,
徒步奈如何!

2016.6.11 西安

西建大校园夏夜（新韵）

街灯次第绽华光，

闲步校园寻夜凉。

星透梧桐三四点，

月窥楼厦六七幢。

玉兰树下传低语，

夹竹桃边闻浅香。

一曲芦笙远方起，

长安恍若是瑶乡。

20216.6.12 西安

路遇陕北秧歌（新韵）

唢呐声声锣鼓喧，

红男绿女舞翩跹。

长安月下风华在，

唱彻街头星满天。

2016.6.13 西安

听西建大教授讲城建危机

城建喧哗气欲吞，

讲坛言及泪纷纷。

铲平古迹兴商业，

欲把尘墟留子孙？

2016.6.7

"中国新声代"女孩汤晶锦夺冠
（仿乐府）

昨夜擂台几断魂，

仰看仙子下凡尘。

天籁一曲惊四座，

满堂听众泪纷纷。

2016.6.14

【注】

　　11岁女孩汤晶锦在"中国新声代"比赛中脱颖而出，其清新深情的歌声令评委和现场观众惊异动情，泪流满面。

城市治污

连日风沙落九垓,
今朝喜见艳阳来。
黄河翻浪飞群鹭,
白塔牵霞矗峻台。
街市禁烟谋净化,
水车喷雾斗尘埃。
治污应是百年计,
生态和谐须剪裁!

2016.11.20

望南海

沧波日照雾氤氲，
点点船帆出海门。
浪卷云飞三万里，
无边雄阔壮乾坤。

2016.12.15

飞机上俯瞰黄土高原（新韵）

俯望高原山外山，
沟沟壑壑满梯田。
纵然远入云深处，
犹有人家度夕烟。

2016.12.15

赴榆中北山途中

驱车百里赴乡关,

连日奔波人未闲。

积雪苍茫迷远道,

冬风凛冽袭山湾。

遥闻犬吠晨烟里,

惊看农家崇岭间。

路险岂能成阻隔,

前村未到更须攀!

2017.1.11

山村之晨

雪映红霞群鸟旋,
鸡鸣晨雾透寒川。
农家屋顶炊烟起,
恍若桃源出眼前。

2017.1.12

黄河即景

暖阳初照入新正,
远眺长河一带清。
河上翩翩飞野鹭,
引来春色满金城。

2017.2.10

下　乡

熏风吹拂领春光，
戴月披星日日忙。
莫道山村无乐事，
农家饭菜有余香。

2017.2.14

春天纪事

朝见星辰暮见霞，
看山看水揽芳华。
下乡归晚还挥笔，
不负春光到我家。

2017.2.14

夜 思

长夜无眠近五更,

人生过半蓦然惊。

年年追梦云霄外,

听得黄莺又几声!

2017.2.19

民俗二月二

天道循回至此逢,

抬头今日接苍龙。

农桑正待春风早,

应兆年来五谷丰。

2017.2.17

三八写意

风吹节日绽芳葩,

女换春装轻着纱。

常使心存妩媚在,

人生处处好年华!

2017.3.8

国产大飞机首飞成功

漫漫求索恨难平,

大国征途履有声。

数十年来磨一剑,

出鞘今日五洲惊。

2017.5.6

晨过黄河

信步过元通，

云开丽日红。

河中鸭嬉水，

堤上柳摇风。

雪映兰山秀，

春衔白塔雄。

长河涛更远，

澎湃海之东。

2017.3.15

【注】

元通大桥：兰州市区横跨黄河的新建桥梁。

登山逢友人

青岚起四围,

满目尽芳菲。

城掩苍茫气,

日衔锦绣晖。

林中鸟呼友,

树下犬嬉扉。

一席重逢语,

白云相与归。

2017.4.4 清明

兰州黄河风情线夜饮

夏夜黄河璀璨乡,

游船迤逦正行航。

一声鸣笛萦琼厦,

两岸霓虹喧锦妆。

音乐喷泉腾彩雾,

水车茶座起微凉。

长堤百里风华在,

欲对鳞波醉一场。

2017.6.6

应邀为宝兰高铁开通致贺

一

交通史上耀明珠,
朝发陇原夕到吴。
盛世高歌大风曲,
纵横万里筑坦途。

二

经风沐雨几多年,
高铁贯通初凯旋。
华夏从今圆好梦,
长龙飞向杏花天。

2017.6.17

【注】

据报道,宝兰高铁贯通之后,可以直通兰州至南京、上海。

杏花天:杏花盛开的时节,意即春天。唐·李商隐《评事翁寄赐饧粥走笔为答》诗:"粥香饧白杏花天,省对流莺坐绮筵。"《全元散曲·水仙子过折桂令·行乐》曲:"来寻陌上花钿,正是那玉楼人醉杏花天。"《清平山堂话本·西湖三塔记》:"金勒马嘶芳草地,玉楼人醉杏花天。"

避暑即景

一

南山夜色几朦胧，
点点繁星阵阵风。
暑浪侵人眠不得，
暂离尘嚣近苍穹。

二

夜色沉沉接翠微，
满城虹彩满城辉。
遥看街市幻如梦，
人近天河欲忘归。

2017.7.15

踏莎行·参观兰州规划馆遐想

塞上风轻,

高原日暖,

长河万里波光闪。

丝绸古道历沧桑,

黄莺啼彻苍山远。

曲唱和声,

局开新面,

金城奋发云旗卷。

承先启后铸宏图,

繁花更向天边染。

2016.4.22

题西安贾平凹纪念馆

巨制鸿篇叹鬼才,

文星一出雾云开。

笔中留得民魂驻,

必有灵泉滚滚来。

2016.5.31

题西安建筑科技大学校史馆（新韵）

浩瀚中华仰鲁班,

翻新继古铸华年。

天风吹洒三春雨,

沃土培花花更妍。

2016.5.31

参观西安高新产业区

长安楼厦与云齐,

渭水凝波秦岭低。

千古名城焕新彩,

须知科技是天梯。

2016.6.7

下乡即景（新韵）

秦川飞雪不知边,

百里茫茫风送寒。

莫道山乡无美景,

琼枝玉树斗婵娟。

2016.10.23

参观南梁革命纪念馆

骤雨狂飙天地翻,

苍黄抚剑拜轩辕。

陕甘星火燎原起,

熔铸山河新纪元。

2016.6.10

【注】

南梁革命纪念馆,坐落于甘肃省庆阳市华池县南梁乡。1929年起,刘志丹、谢子长、习仲勋等无产阶级革命家领导开展艰苦卓绝的武装斗争,开辟了以南梁为中心的陕甘边革命根据地,创建了中国西北第一个陕甘边区苏维埃政府,范围达18个县。

霜降之夜自粤归兰（新韵）

陇原游子忘秋寒，

深夜归航别岭南。

落地侧看霜气降，

出舱惊觉客衣单。

清晨犹见珠江好，

故地却逢黄叶残。

若把闲情安四海，

何分南北两重天！

2016.10.23

如梦令·下乡归来

迎送晓星晨月,

踏遍北山沟壑。

今又晚归来,

最喜半瓶粮液。

知我?知我?

一缕酒香飘过!

2017.1.9

后 记

我在各类刊物陆续发表诗词拙作以来，遂有结集出版的想法，但迟至2008年才出版了第一部诗词集《听雨南窗》，2011年出版了第二部《长河秋月》，此后形成的文字虽在陆续发表，但总在不断锤炼，使之臻于成熟。

《大河晴澜》出版在即，仰视古人，敬看时贤，不禁内心惴惴。其实，人生是一个不断历练、逐渐走向成熟的过程，因而笔下的文字与心境总在一同变化和起伏。翻检拙作，时有新的思考与感怀；每首诗词，虽则聊聊几行，其实都承载了一个时期的所思所悟，每一刹那的感触都是一段人生之梦。一路走来，这个梦，遥远而缥缈，尚且没有结果；然而值得欣慰的是，这个梦，一直都在心里。

感谢诸位师友平日的真诚切磋与交流，这是一种难得的砥砺，我于此获益良多。

感谢我家人多年来的支持。家，是我生活的温馨港湾，有了这个坚强的后盾，我才可以在有限的业余时间里拥有写作和书法创作的惬意环境。

谨以此尚不成熟的诗集，献给曾经的苍茫岁月，献给前行路上曾经关爱和关注我的人们。

宗孝祖

2017 年 12 月